出关中记

林焕琴 著

西安出版社

图书在版编目（CIP）数据

出关中记：载道关学系列 / 林焕琴著 . — 西安：西安出版社，2022.8

ISBN 978-7-5541-5210-2

Ⅰ . ①出… Ⅱ . ①林… Ⅲ . ①散文集－中国－当代 Ⅳ . ① I267

中国版本图书馆 CIP 数据核字 (2022) 第 044519 号

纸上长安

出关中记

CHU GUAN ZHONG JI

出 版 人： 屈炳耀
作　　者： 林焕琴
责任编辑： 李亚利
装帧设计： 邵　婷
出版发行： 西安出版社
地　　址： 西安市曲江新区雁南五路 1868 号曲江影视大厦 11 层
电　　话：（029）85233741
邮政编码： 710061
印　　刷： 陕西龙山海天艺术印务有限公司
开　　本： 889mm×1194mm 1/32
印　　张： 9.75
字　　数： 128 千
版　　次： 2022 年 8 月第 1 版
印　　次： 2022 年 8 月第 1 次印刷
书　　号： ISBN 978-7-5541-5210-2
定　　价： 58.00 元

题 记

精神品格的高下将决定一个民族的命运，因此必须重振文学的崇高品格。要用文学的方式探索有崇高特性的为人之道和行为特征，以及探索塑造崇高品格的文化渊源与实现途径，从而弘扬崇高的美感与魅力。只有把个体命运和人民的命运紧密地联系在一起，我们的文学作品才有可能得到人民的赞赏。

——王树增（作家）

序　言

横渠风来兮

横渠，一座小镇，因一个叫张载的士子，生生穿越北宋的烟雨，走进千年以来华夏历史的每一个重要门庭。

想起北宋总让人伤感，那脆弱的边疆，缥缈的河山，一种随时的偏安总让人憋屈。但那又是一个注定被历史铭记的时代，尽管总有一种隐隐的动荡，一种隐隐的忧患，而在这忧患的夹缝中却走来了苏轼、王安石，走来了周敦颐，还有《梦溪笔谈》的沈括，为中国近代社会的政治、经济、文化和艺术孕育着饱满的芽根。这是华夏民族一段独特奇妙的成长阶段，在这丰厚的家国土壤里，蕴蓄着这个族群终将喷发的生存能量。

一千年是漫长的，若要论起炎黄在这片大陆创下的基业时，还应从宋再上溯三千年，这三千年里他们的后人——中华儿女总是不断在拓荒、劳作、收获与繁衍中丰富并建设着这片土地。无疑，这是一片生机勃勃的热土，也是一片纷争熙攘的丛林，这肥沃灵性的土地不断孕育着智慧的子民，他们俯察天地，通究天人，形成了黄老学说，仲尼之道，诸子之思，或放飞情怀于玄远，心游宇宙；或执着生民之仓廪，唯物唯实。在这样的土地之上，山川河流永远蕴蓄、包孕着让宇宙惊艳的生命气象。所以当少年张载第一次在秦岭北麓回眸时，人生一次短短的休整，开启的竟是人类精神生命的一个宽阔明媚的历程。他站在秦岭北麓，太白山下，横渠原野，仰天俯地，穷究物理，竟搅动了寰宇，为华夏夜空安置了一颗恒星，照亮了华夏近代社会行走的门径。

张载的青春是不幸的，未及弱冠，即已成孤，忍失怙之痛，从涪州出川进陕，扶柩归祖，备尝艰辛，家资耗尽，滞留横渠。

横渠的风是温暖的，它抚慰着少年张载疲惫的身心，给了他一方仁厚的田园。他以横渠为宗，让父亲安息在迷狐岭上，青春的艰辛也使他迅速成熟。从15岁至38岁，从腼腆少年到出仕举子，他荷锄躬耕，俯身大地，一步一步使自己独特的精神生命植根华夏大地。

太白山高高屹立在秦岭之巅，那巨大的山影，绵延的山峰，苍黛的山色，让横渠的原野更显出一种辽远与平坦。这种山川与大地相依相生的景象，激荡着手持《易经》《大学》《中庸》《春秋》的少年张载那颗穷究天地之心。他没有沉醉在“采菊东篱下，悠然见南山”的小情小调之中，因为他在波涌浪翻的太白云雾中窥见了“太虚”之本，了悟了“宇宙”之质。

横渠的风是锐利的，它让张载具备了刺穿混沌的目光。从“天地运行”至“生灵轮回”，他看到了“气聚气散”“万物一一”的世界本原。然而他更注重脚下的大地——他祖先留下的这块充满灵性的肥沃的热土。他的目光不是只投向“太虚”高高的玄远，他知道万物“气聚”成形的微妙和神奇，生命诞生的奇妙与珍贵，他要为每一个生存在大地之上的生命寻觅一条通往富足和谐的明媚之途。

横渠的风是和煦的，因为那座横渠书院，那篇《订顽》(亦称《西铭》)，还有那篇《砭愚》(亦称《东铭》)，他无意的办学宗旨，却成就了华夏族群思想宝库里的两颗珍珠，成为“关学”的基石。而这一切源于他有一颗温暖宅厚之心和智慧精微之思。他想纠一切顽劣，启一切愚昧，让每一个生命都能获得一个充实灿烂的人生。他要把天地赋予他的明慧回馈于一度也给了他温暖的乡邻百姓。他持“物可穷理”之道，做“经世致用”之事。作一个学者，成为一个思想家，创立一个学派，对于张载似乎都不重要，因为他知道做学问的最终目的应当是“实用”，尤其要对黎民苍生有用。他摒弃佛道的虚妄，倡导“现世”的关怀。他甚至走出书院，荷锄亲耕，在横渠的田野上以匹夫之力进行“社会实践”，以验证“井田”之优，寻觅“民胞”富足安康之道。每一个生命的获得都是自然造化、宇宙精气的运行聚散之功。无论是山川风物，抑或是蝼蚁生灵，更遑论“人”矣！这是华夏文明中最朴实、最深刻的“生命平等”思想。唯其平等，先生才说：凡天下疲癃、残疾、惸(qióng)独、鳏寡，皆吾兄弟之颠连而无告者也。唯其平等，先生才“穷究物理”以馈兄弟之恩，以担乡邻之责，以报天地运化之功。既然生命是自然赋予，无论你是优异的基因，还是不幸携带瑕疵的基因，这生命都无任何理由妄自尊大，或妄自菲薄。这生命都应竭尽全力回馈自然造化之恩。而回馈之途亦唯有以“经世致用”之心，不惜殚精竭虑！毋庸置疑，张载做到了。

一千年后的今天，当我从遥远的渭北赶来，来到高高的太白山下，走进庄严肃穆的横渠书院，读《西铭》，品《东铭》，我仍能感到先生那谆谆之语，拳拳之心所散发的入世温暖。我看到了一个真正的学者的一颗满怀悲悯为生民殚精竭虑之心。正是这穿越岁月风雨的温暖和悲悯，让我们的华夏族群披荆斩棘，相扶相携走到今天。

谁说中国知识分子没有独立思考精神，请看横渠张载！

谁言中国知识分子没有现世担当精神，请看横渠张载！

张载以无上的勇气和智慧，让我们看到一个“既仰望星空，又脚踏大地”的中国知识分子的形象。

横渠风来兮，浩浩荡荡，你看，那个张子正微笑着从田野走来，如邻家大伯！

他以睿智深邃之哲思“为天地立心”，寻觅“气聚气散”里万物生灵的自在轮回。

他以匍匐大地之深情“为生民立命”，在阡陌纵横的田野里让五谷丰登。

他以精微苦思之伟力“为往圣继绝学”，在八百里秦川引一脉“关学”之泉，使“忠信沉毅，明达英伟”的秦地豪杰代代辈出。

他以高韬豪迈之气魄“为万世开太平”，让千年来的华夏子孙去走一条踏实稳固的生存之道。

这“横渠四句”是华夏民族子孙后代千百年来的“黄钟大吕”，它从遥远的北宋敲响，至今仍不绝于耳。

公元1076年，蓝田吕大忠、吕大钧、吕大临、吕大防以一部《吕氏乡约》把“关学”的基因深深融进了华夏子民的血脉，终成了华夏民族第一部精神宪法。

两百年后，高陵的杨天德和他的儿子杨恭懿，孙子杨寅，他们祖孙三代又全力挽住关学余绪，为华夏历史擎起一盏高高的精神明灯。

又一个两百年，历史走进了大明王朝，高陵的吕柟来了。他学仁、体仁、弘仁，仕三十余年，家无长物，却“终身未尝有惰容”，生生凭一己之力把“关学”良种深耕进华夏16世纪的大地土壤之中。在这以后的漫漫历史长途中，尽管有烟云缭绕，路途也常崎岖坎坷，但“关学”之树却仍根深叶茂地茁壮成长着，你看，大明的冯从吾、李因笃、李二曲，清末的刘古愚、柏景伟、白遇道、牛兆濂，民国的于右任，正是这一代一代的思想巨擘，仁人先贤们乘着横渠之风，勠力同心把中华关学推向华夏精神的一个又一个高地，终于迎来了中华民族伟大复兴的现代文明的曙光。

横渠风来兮！

这风是悠远的，是温煦的，更是浩荡的，它从历史的深处吹来，带着祖先的希冀，祖先的悲悯，祖先的激情和热血，无比热切而深情地抚慰着我们无比饥渴的心灵，引领着我们走向更加美好的未来！

是为序。

林焕琴

2022年2月9日　于渭北澡雪屋

目录

TABLE OF CONTENTS

关中书院，仰望少墟

那个咸阳刘古愚终生“教育救国”的动力之源，那个蓝田牛兆濂“学做好人”的动力之源，那个三原于右任办学无数的动力之源，还有那个长安柏景伟、高陵白遇道铮铮硬骨的历练源头，皆源于“关中书院”。千讲万讲不过要大家“做好人，存好心，行好事”三句话尽矣。冯从吾的精神火种，就这样在“关中书院”的关中秀才手中代代相传……

海峡两岸，泾水英木

一首巅峰诗作，一首刻骨铭心之作，一首触动中华儿女灵魂深处隐痛的千古绝唱：“葬我于高山之上兮，望我故乡；故乡不可见兮，永不能忘。葬我于高山之上兮，望我大陆；大陆不可见兮，只有痛哭。”怀乡思国两岸隔，欲将血泪寄山河。黍离之悲别故土，眷恋大陆入诗歌。民国才子大人物，恋家如何不丈夫？成长报国真豪杰，泾水英木望大陆……

目录

TABLE OF CONTENTS

横渠发端，关中礼成

巍巍秦岭，气象万千，雄浑厚重，华夏大地上这道高大的山岭“西起昆仑，东至嵩岳”。秦岭主峰——太白山，乃是昆仑山以东的第一座高峰，白雪常年覆顶，山间云雾缭绕，其高，其寒，其险，其奇，其神秘，让无数人为之着迷，激发着好奇的人们争相探之。少年张载一路走来，尽管备尝艰辛，但自然的神奇与峻美也在时时激荡着他的青春热血……

关学一脉，渭水长天

禹夏时期，大禹治水，导泾入渭，周筑高陵邑。南有奉正塬，状若土山，坡度较缓，高四五丈而得名高陵。高陵千百年来文脉不断，人才辈出，无不印证高陵的文运昌盛。高陵人杰地灵，文运昌盛，历史辉煌；高陵钟灵毓秀，渭水长天，含英咀华。金元两朝的杨氏三代精修程朱理学，明代正德状元吕柟著述等身，清末翰林白遇道清室悟宅，皆关学之“晨星硕果”，渭水长天，孕育了关学一脉……

走关中

寻文脉

拾遗存

言关学

出／关／中／记

CHU GUAN ZHONG JI

横渠发端，关中礼成

一

1040年，延州（今延安），写出千古名篇《岳阳楼记》的北宋大政治家、文学家范仲淹，因了一次拜见，遂成了张载步入社会后最早的人生导师。

张　载（1020—1077）

字子厚，世称横渠先生。凤翔府郿县（今陕西省宝鸡市眉县横渠镇）人。北宋思想家、教育家、哲学家，理学支脉——关学的创始人。与周敦颐、邵雍、程颐、程颢合称“北宋五子”。南宋淳祐元年（1241），赐封郿伯，从祀孔庙；明世宗嘉靖九年（1530），改称先儒张子，奉祀孔庙西庑第38位。著有《正蒙》《横渠易说》《经学理窟》《张子语录》等文集，后人编为《张子全书》（即《张载集》）。

乡约礼数

小时候，村里一有老人去世总少不了西村的张爷。他是我们这儿方圆有名的红白喜事“大总管”。张爷大高个，络腮胡，喜穿一件黑色对襟盘扣衫，走路很急，尤其说话一字一板，声音很大。那时村里的孩子真多，常常东一伙，西一伙，南一群，北一群，正是“七八岁，讨人嫌”的年龄，时常闹得村里要么鸡飞狗跳，要么“鬼哭狼嚎”。每逢哪家过事，无论红白喜事都会让我们兴奋得仿佛过节一般，在过事人家的屋里屋外到处乱窜。但只要张爷一出现，我们立马就会“作鸟兽散”。他那么高，那么严肃，声音又那么大，连我们村最胆大的三娃都怕他呢！这时所有的人都听张爷的，他俨然一个指挥官，而主人就像他的属下一般言听计从。

我曾目睹张爷把我们村一户人家的儿子骂得狗血喷头，一声不吭。原来这家儿子虐待母亲，母亲去世后，娘家舅不愿给这个外甥“披红”，“大总管”张爷让跪在灵前的儿子给他的母亲检讨。那年我也就六岁，正在那些帮忙的人群里钻来钻去地玩闹，只听见“妈呀——”一声，我一下子被吓得停下脚步，那是一声如牛吼一般的号哭。原本丧事是哭声不断的，不过那一般都是女孝子的事。女儿啦，侄女啦，外甥女啦，如泣如诉，嘤嘤哭泣。男孝子一般只披麻戴孝，跑前跑后，迎饭送亲。但男人一旦哭起来，那短促、低沉的声道与悲泣一经混合，发出来的声音是很骇人的。那个儿子边哭边磕头，村里人站在门外看着，听着，说着。那情景很长时间在我眼前挥之不去。同样挥之不去的还有张爷那张“静平社”脸（关中方言，指表情严肃、喜怒不形于色的样子）。

村里人很敬重张爷，我父亲总说，那是一个最懂“礼数”的人。只是那时小小的我还不知“礼数”为何物，整日里和村里的孩子们疯玩，常常弄得自己一身土，一身泥，或一身麦草屑，我们成群结伙去偷生产队的豌豆，或打群架。我的母亲虽然很忙，但对我们姊妹从未放松管教，而生性顽皮的我便常常遭遇棍棒教育。实在不听话时，她就会说：“再不听话，就叫张爷来。”那个岁月，张爷的“礼数”就像孙悟空的紧箍咒，对我们小孩一念就灵。

我就这样在“礼数”的训诫中长大了，工作了。虽生活维艰，但母慈子孝，睦邻友好，同事相携，乐于助人，一切平安，岁月静好。我知道，那都是因为我也成了一个懂“礼数”的人了。我享受着它带来的美好，感恩着它的赐予。它像一艘无形的“方舟”，在你人生的每次“洪水”期，载你安全上岸，使你身心安宁。甚至在我的眼里，这一切自然得如同饿了吃饭，渴了喝水一般，与生俱来，理所当然。

直到读到《白鹿原》，那个满腹经纶的朱先生，那个腰板挺直的白嘉轩，那个由“土匪”蜕变成好人的黑娃，那个人人背“乡约”的白鹿土塬，忠实先生的笔如雪亮的犁铧深深地犁开了我精神的大地，引起了我前所未有的精神震荡。我突然领悟到活人的艰难，做人的艰难。我也突然意识到我那“岁月静好”的背后，其实一直是险象丛生，只是因为在我的身边一直有一个“白嘉轩”在为我们的人生披荆斩棘而已。我也忽然意识到，在渭北，在关中，在华夏大地上的每个村落，似乎都有一个类似白嘉轩这样的人呢，比如我们村的张爷。但随着阅读的深入，我又发现白嘉轩并不是我最佩服的人物，我更钦佩敬仰的是朱先生和他那部“白鹿乡约”，正是这部“乡约”才使“白鹿原”民风淳朴，祥和宁静。我开始关注有关“乡约”的话题，开始研究“乡约”的历史了。这时，我才知道了“蓝田吕氏”，知道了《吕氏乡约》，才知道张爷、白嘉轩他们的精神源头。随着关注的深入，另一个人物渐渐浮现，而他才是这一切更原初、更丰饶、更饱满、更灿烂而宏大的源头滥觞。

他就是张载。

我是在21世纪的第十三个年头才知道他的大名，这让我既惭愧又欣喜。惭愧的是自己对历史的寡陋与肤浅；欣喜的是我一直生活在先生思想滋润的关中大地，我成长的每一步几乎都有先生的佑护。我将先生的“横渠四句”抄在我的日记本上，我背诵《西铭》，牢记《东铭》，研习《正蒙》，成为先生一千年后的一个虔诚的学生。2020年是先生诞辰一千周年，我以拙笔为文，想成为先生思想的又一个言说者。

太白气象

张载的家在秦岭主峰太白山脚下。但这个地方既不是他的祖居地，也不是他的出生地，落脚于此甚至只是一种无奈。

1034 年，张载 15 岁，这是一个人一生中最阳光明媚、春光灿烂的时光。而他却遭遇了自己一生当中的至暗时刻——正在涪州任上的父亲不幸病逝。张载的祖籍是河南开封，其父起初在陕西长安做官，他即在长安出生。宋仁宗天圣元年（1023），他 4 岁的时候，他的父亲从长安调任涪州知州主政。可如今，仅仅过去了十来年时间，他还是个少年，弟弟张戬也才 5 岁，父亲却撒手人寰。15 岁，一个多么尴尬的年龄，幼稚中混进了些许成熟，其实更多的是盲目和任性。当一切都平平安安，岁月静好，15 岁的人儿便是花儿开放的模样；而一旦风云突变，大雨倾盆，往往就会花容失色，惶惶如迷途羔羊。张载就在这样的年龄里，走进了他人生的第一场大风雨中。

人的死亡因其肉体不可逆地消失，而使人类于此总有一种无尽的忧伤，尤其是血肉至亲的离世。而这种失去的永恒性，使得人类无不珍惜肉体活着的时光，而灵魂不灭的认知又使人们对死者的身后之事尤为重视。“叶落归根”是中国人面对自己肉体即将消亡时的一种选择。作为长子，张载必须完成将父亲灵柩护送回故土开封的重任。从重庆到开封，其间近三千里的距离，而且走的是“难于上青天”的川陕“蜀道”，即便是在交通发达的今天，以日行千里之速也得三四天之久，更何况一千年前的大宋年间。然而残酷的现实不会因你肩膀的柔弱而对你网开一面，因为它一直都是一副铁石心肠。但少年张载却毫不畏惧，他抹掉眼泪，把灵车的绊绳勒进了自己稚嫩的肩膀，牵着幼小的弟弟，伴着伤心的寡母开启了人生的第一次长征。

在史料记载中，张载扶柩归里的路线与今天的国道 G108 的方向与位置大致相当。其中从四川至陕西的这一段也叫川陕路，

即广义上的“古蜀道”。它南起成都，过广汉、德阳、梓潼，越大小剑山，经广元而出川，在陕西勉县褒城附近向左拐，之后沿褒河过石门，穿越秦岭，出斜谷，直通八百里秦川，全长一千余公里。

我无法想象一个 15 岁的半大小子，带着一家大小，拉着巨大的棺木（即便是有一辆马车或牛车）是如何穿越大巴山和秦岭的？如何走过高山深谷的？

但自然之险对勇敢的人而言，激起的却常是探险与征服

的欲望，更何况这是个读过“天将降大任于斯人也”的少年。面对生命里的第一次磨难，他表现出了一种远超年龄的自觉与担当，以大无畏的精神品尝着他人生当中这次特殊旅途中“劳其筋骨”的滋味。他顽强地走着，披露晨起，跋山涉水，栉风沐雨，越巴山，过巴中，终于到汉中了，这时的他已走过天下最难走的川陕路的一多半。我能想象这个少年那一刻内心的自豪感与成就感。

汉中，因汉水而得名，北依秦岭，南屏巴山，中部为汉中平原，有“天汉”之美称，是两汉三国文化的主要发祥地，素有“汉家发祥地，中华聚宝盆”的美誉。

走进汉中古郡的少年张载，被这里浓郁的人文历史气象震撼着，他驻足，他仰望。当走到勉县，走到诸葛武侯祠时，张载向这个他心目中的贤相人臣、大儒完人恭敬地送上了自己虔诚的拜谒。

我是在 2007 年去过一次汉中武侯祠。那是一次没有目的的偶然出行。由西安出发走西汉高速，这条公路北起户县（今西安市鄠邑区）涝峪口，经宁陕县至汉中勉县，其间翻越秦岭北坡，是最险也是最美的一段。

峻岭崚嶒，深壑幽美，现代高速路仿佛一条矫健的游龙穿山过涧，披荆破竹，势不可挡。现代科技让曾经的逢山开道、遇水架桥变得轻易，使我这个脚力不逮之人有幸坐在汽车里，以古人难以想象的舒适姿态，感受自然山水的雄奇之美。走在秦岭的腹地，仿佛走在巨人的身边，我的目光除了仰视，还是仰视。遥远的高山之巅，天空深蓝纯净，白云朵朵，空灵飘逸；近处山谷幽深，林木如盖，巨石嶙峋，犬牙差互，动人心旌。正是深秋时节，松柏青翠而挺拔，黄栌火红而妖娆，秋溪淙淙，山鹰翱翔；长长的隧道使一座座高山惊得目瞪口

呆，左躲右闪。“一夫当关，万夫莫开”早已成为旧时景象。车子驶进勉县，汉中平原在金色的秋阳里天朗地阔，道路两边水杉高耸，身姿挺拔如列队士兵，密密的针叶正在浓浓的秋意里由绿转黄，那种豪迈与肃穆的气息扑面而来。杉树大道的尽头便到了诸葛武侯祠的大门口。这里到处是巨大的松柏，高大的牌坊，亭台楼阁，红漆大柱，黑漆屋顶，满眼庄重。

最让我震撼的是祠内从前到后悬挂着的很多大匾，如“莫大乎天”“其犹龙乎”“天下奇才”“山高水长”“高风亮节”“淳臣朴汉”“理意肫诚”“南阳卧龙”等等，字体朴

拙典雅，词义高古醇美，那是从三国后汉至今，历朝历代人们对这位“鞠躬尽瘁，死而后已”的丞相的无上赞美与敬仰。

20 世纪 80 年代，收音机里播《三国演义》，那是个全民听广播的时代，连我的勤劳的大字识不得几个的父亲母亲也在小说广播时间段放下一切活计，专心倾听那个叫单田芳的说书人播的评书。我的古典文学名著阅读都是在收音机旁用耳朵完成的。当听到诸葛亮病了，我们全家一起揪心；当听到诸葛亮自设明灯七盏，作法七日向天乞寿，明灯不灭，延寿十年时，我们全家又高兴又紧张。那几天随着情节发展，全家人都有些茶饭不思的感觉。直到听到魏延入帐急报军情，明灯不慎被他一脚踩灭那段时，我们全家人都攥紧拳头瞪着收音机，恨不得把那个魏延撕扒了！至今我都记得父亲满脸气恼的样子。

小说不是历史，但在文化尚不发达的中国民间，人们对历史的认知基本都是从听“说书”开始的。无论是历史现实中的或是艺术作品中的诸葛亮，其形象却是惊人的统一，那就是贤臣良相。对自幼读圣贤书的张载而言，这个圣贤形象也早已深入脑海了。少年张载拜谒诸葛武侯祠时，到底想过什么？是何种心绪？不得而知，可是他在拜谒武侯祠后写下的留言却流传下来，就是那著名的“六有”：

言有教，动有法，昼有为，宵有得，息有养，瞬有存。

这是一个15岁的少年在参观完千古名相武侯祠所写的观后感，却成了千年来名扬华夏的优秀家训。中国自古长子如父，这个15岁的少年，在父亲去世后，一夜间长大。在扶柩归家的路上，他俨然已是这个家的家长，望着幼小的弟弟和柔弱的母亲，任重道远之感油然而生。他需要尽快成长，尽快成熟，尽快长大。我想彼时的他一定想起了诸葛亮的《诫子书》，想起那句有名的“非淡泊无以明志，非宁静无以致远”的诫子格言，而渴望快速成长的他，便给自己郑重地定下了“规矩”，并以此正式向自己无忧无虑的少年时光作以告别。我想起了当下，想起那些“28 岁未成年”者，那些已面有沧桑还自称“男孩”“女孩”者，那些在任何人面前都忍不住做撒娇状者，我唯有汗颜。

事实证明张载确是一个优秀的家长，他的弟弟张戬在 24 岁时就考中了进士，而作为年长弟弟十岁的他，直到 38 岁才参加了科举考试，中了进士。张载的学识，张载的勤奋，都表明只要他参加科考，至少不会在年近不惑才中榜。但作为一个自小把“修身、齐家、治国、平天下”奉为人生目标的读书人，他更明白“一屋不扫，何以扫天下”的道理。更何况他一直认为，一个真正的读书人应“少置意科举”，而应“相从于尧舜之域”。所以，当他躬耕横渠，抚弟顾家时，他是宁静的。

少年张载再次出发了，继续北行，前面的道路更加艰难，这里横亘着华夏大地上最高、最长的一道山岭——秦岭。这道“西起昆仑，东至嵩岳”的高大山岭，是因为两千五百年前一个以“秦”为名的国家而得名，那个叫嬴政的人背负着祖辈的期望“北筑长城，南戍五岭”，他派大将屠睢率50万人进军百越时，越过的第一座高山正是这道山岭。至今人们仍能在一些山岭上看见已经荒芜的秦时的“秦始皇台”。秦岭即因此得名。

有人曾这样说，在中国，如果你想体会南方与北方的不同，看南方与北方景观的差异，观赏自然界丰富的珍禽异兽，探访成就帝国梦想的古栈道，感受诸多文化的神奇魅力，那么就到陕西去，更具体地说，就是去穿越秦岭，了解秦岭的自然风貌和历史文化，感受秦岭的雄浑和厚重。在这片山地里，一座座险崖，一座座峻山，一道道高岭，一道道深谷，危石累累，纵横交错，险峻峭拔。

巍巍秦岭让华夏大地气象万千，正是因这道高岭，中国有了南北之分，冷暖之域，干湿之别。2003年，世界自然基金会发起“推动社会各界关注秦岭，发掘其生态、文化、宗教和历史价值”活动，在取得初步成效的基础上，并于此年4月22日正式宣布：确认秦岭为全球第83份“献给地球的礼物”。

穿行在这样的山岭之上，盘桓在这样的崎岖山地，其艰难险阻可想而知。终于越过了高高的秦岭梁，张载和他的家人走到了陕西，走进一个叫眉县的地界。这里是秦岭主峰太白山北麓，在一个叫大振谷的地方，他们终因道阻且长，盘缠耗尽而暂停行程。

眼前的村庄叫横渠，此处南依秦岭主峰太白山，北望汤汤东流渭河水，既有高山巍巍，又临沃野平原。筋疲力尽的张载打算在此歇一歇，休整休整身心。只是他没想到，这一次暂歇却让他与横渠结下了终身之缘。张载将父亲葬在了大振谷的迷狐岭上；四十二年之后，他的弟弟张戬也长眠于此；一年之后，也就是1077年，58岁的他也长眠于此。太白山下这座名为横渠的小镇，最终成了一代大儒最后的归宿地。张载何以选择落户太白山脚下？除了盘资耗尽外，横渠人的淳朴和太白山的峻秀与神奇，也许是吸引他的另一个原因。

太白山，主峰拔仙台海拔3771米，这座华夏大地上昆仑山以东的第一高峰，长年白雪覆顶，山间云雾缭绕，其高，其寒，其险，其奇，其神秘，让无数人为之着迷，也激发着好奇的人们争相探之。少年张载这一路走来，尽管备尝艰辛，但自然的神奇与峻美也在时时激荡着他的青春热血。我有时想，说不定正是那山间波诡云谲、聚散无形的云海，触发了这个好学善思的张载关于“气本”学说、“气质变化”之说的灵感呢！

总之，我们知道，从此一个大儒在此悄然养成，而中国理学的一座思想高峰——关学也由此崛起。关学与太白山仿佛华夏大地上两座高峰齐头并肩，一座是思想文化的精神高地，一座是自然地理的峻美山峰，千年以降成为后代、后辈、后学、后继之人修真养性的心灵家园，人们争相探之，则有心旷神怡，故而流连忘返。

延州恩遇

延州即今天的延安。它安坐在陕西之北高高的黄土高原上，故又名陕北。在我的心目当中，这里一直是一个特别的存在。这里有华夏始祖黄帝的大脚印；这里升起了照亮现代中国的红五星；这里走出了柳青，这里走出了路遥；这里的人们喜欢在塬坡上唱信天游，那忧伤而高亢的调调里，却总透着一股挡不住的自由和自在；还有那踢踏敲打得尘土飞扬的腰鼓之声，更是鼓荡得整个高原万物竞生。

住在渭河谷地的我从少女时代就不断地北望，想象着那山背后的神秘与神奇。后来我知道那里是华夏大地上的第三大高原——黄土高原。自小生在平原上的我，见惯了黄土松软而平铺的样子，那种一马平川的单调使我对大地上即便是些微的起伏都充满惊喜。当我第一次走进这座高原时，便被这里的地貌景象震撼了，依然是松软的黄土，却生生地直立起来，直立得这片大地沟壑纵横，山岭巍峨，台塬层层，使得整个大地仿佛一下子变成浩荡的骑兵军阵，一种奔腾的气息充塞天地。而那直立天地间的黄土又总是一副温柔敦厚的样子，土土的，憨憨的，仿佛兄长一般站立在九曲十八弯的沿途。

我曾在江南大地上旅行，那里的山是圆润而水嫩的，因为多水的缘故，它常常还是雾气朦胧的。黄公望迷醉这些山水，画出了《富春山居图》，但我却不喜欢那画中满溢着的浓浓的隐逸之气。相比之下我更喜欢范宽，他的《溪山行旅图》正是黄土高原南端子午岭的风光。

这是第一次使我观之触目而惊心的画作，虽为溪山行旅，然溪流一线，人更渺渺，唯有山，浑厚端庄，壮阔伟岸，顶天立地，壁立千仞，一种肃然之气喷薄而出。

当平原上风滞水枯时，我常常从渭河谷地一路北上，在这“浑厚端庄，壮阔伟岸”间盘桓，在沟壑纵横的九曲十八弯里感受一种生命繁复的惊喜。

1037 年，18 岁的张载与这座高原结缘了。彼时的陕北是北宋的西北边塞，而儒雅的大宋让自己的边疆一直存在着一种不安，这不安又总搅动着那些拥有爱国热血的青年戍边保国的激情。张载从眉县出发，先北上邠州（今彬州市）拜

北宋范宽《溪山行旅图》

访一个叫焦寅的人。焦寅，何许人也？ 他是彼时邠州地界上一个闻名关中的习武之人。他们谈兵练武，意气相投。我能想象青春年少的张载的昂扬锐气和豪迈神采。

1040年，21岁的张载又继续北上，这次他要到延州（今延安）拜见在此守卫大宋西北边疆的范仲淹。而这个后来写出千古名篇《岳阳楼记》的北宋大政治家、文学家，因了这次拜见，遂成了张载步入社会后最早的人生导师。

范仲淹在中国历史上的口碑几近完人。他自幼失怙，啖

范仲淹（989—1052）

粥苦读，用知识改变了自己的命运，步入仕途。而“以天下为己任”的他，为官期间从来都是执着上疏，针砭时弊，力陈改革。即便迎接他的是一次次打压，一次次贬黜，他却总是“宁鸣而死，不默而生”。胡适曾说，范仲淹的这八个字，比美国人帕特里克·亨利说出那句经典的“不自由，毋宁死”，早了七百多年。关于自由，当下很多人都认为那是西方人的荣耀，是西方文化的专利，似乎中国人只会卑躬屈膝。有些人常拿鲁迅先生的“做稳了奴隶”的话来证明中国人骨头之软，只是他忘了鲁迅先生还有“我们自古以来，就有埋头苦干的人，有拼命硬干的人，有为民请命的人，有舍身求法的人……”之语。其实细思之，我们的民族何以历尽劫难而仍生生不息，正是有他们在。

《宋史》评价范仲淹，说他“每感激论天下事，奋不顾身，一时士大夫矫厉尚风节，自仲淹倡之”。《岳阳楼记》一文是他与张载相见三年后，再次被贬邓州时，应好友巴陵郡守滕子京之邀，为“重修岳阳楼”而写的记文，却因一句“先天下之忧而忧，后天下之乐而乐”而成为千古名篇。而他主持的“庆历新政”也让弱宋弯下的腰板一度挺直。

范仲淹不仅文能治国，而且武能安邦。康定元年（1040）前后，西夏进犯北宋边境，消息传至京师，朝野震惊。宋仁宗无奈，遂起用众望所归的范仲淹，升为龙图阁直学士，与韩琦一起任陕西经略安抚副使。

范仲淹到任后，又兼任延州（今延安）一把手，军政打理得相当到位。西夏人原本集兵延州城下，见此，都不敢打延州的主意了，说“今小范老子腹中自有数万兵甲，不比大范老子可欺也”。小范指范仲淹，大范指镇守延州吃了败仗的前任范雍。范仲淹在防守边塞的战争中，“号令明白，爱抚士卒”，采取正确的策略，经常取胜，使得军威大振，连宋仁宗都不得不称赞说：“若仲淹出援，吾无忧矣。”

史学家评论历史人物，许多时候会表现得很刻薄。然而，迄今似乎还没有哪一个史学家敢否认范仲淹作为一个杰出军事家的地位。

正是在这一年，张载北上延州去见了范仲淹。一个僻壤穷乡的青年，想去见一个地方军政长官（经略安抚副使兼知延州），即使在今天号称最开放的时代也不是件易事。然而，张载却真的去了，而且真的见了。他们素不相识，无亲无故，这个青年仅凭着一腔热血，而这位“陕西省副省长，延安市市长”还就见了这个“冒失”的年轻人，不但见了，还为他指点人生迷津，规划人生未来。一个位卑如此而无一丝自卑，一个位高如此却无一丝傲慢。当然，张载不是空手而来，他给范仲淹带来了一份“厚礼”—— 一篇自己写的“抵御西夏兵的设想”即《边议九条》。即便如此又能如何呢？边塞军务如此繁忙，你一个毛头小子，一介草民，能有何防务高见，使一个地区的军政长官亲自接见呢？然而，在1040年，距今九百八十二年前的大宋年间，这样的情景却出现在渭北黄土高原之上。这是一个一想起来就使人无限感动的场景！

高原边塞，天高地阔，一队队披甲战士严阵以待，一顶顶营帐一字排开。中军帐中，一个青年书生和一位佩剑将军正相谈甚欢。这个青年书生展开自己写的《边议九条》侃侃而谈。年轻人口齿清晰，一脸自信，而将军满眼欣赏，一脸慈爱。将军在这个年轻人身上看到了他自己年轻时的热血和勇气，责任和担当。虽然那篇《边议九条》还显稚嫩，但那有什么关系呢？这个年轻人他那么热烈，那么勤奋好学，那么努力，又那么聪明，未来定会有更大的作为的。显然张载的激情、诚恳与聪颖深深打动了范仲淹。的确，21 岁的张载早已非同一般了，他以国为家，置意“尧舜之域”，少年老成又满腔青春热血。在国家边防告急之际，不远千里，投笔从戎。

家国情怀是华夏文化中最动人的情愫。诸如为治水三过家门而不入的大禹，《诗经》中“载驰”救国的许穆夫人，智犒秦军勇救郑国的商人弦高，“岂曰无衣，与子同袍”的“赳赳老秦”，“不辱使节”的大汉苏武，“鞠躬尽瘁，死而后已”的诸葛孔明，等等。而面对早已英名动天下，与己“心有戚戚”的范仲淹，热血青年张载早已心向往之，想要一睹其真容。更何况戍边报国是他一直的梦想，铁血军营是他一直的向往。

我想起了我曾经的军营梦想。我的青年时代一直有一个女兵梦。那是 20 世纪 80 年代初，那时一身绿军装便是最漂亮的时装。我有个要好的女同学，她的父亲是位因公牺牲的烈士，因之她有幸成为一个女兵。她当兵走的那天，我们全班都去送她。只见她一身戎装，意气风发，我们简直都看呆了。后来她给我们寄来一张戎装照，照片上她背着枪站在军营门口，坚定的目光，英姿飒爽，一身豪气。她的那张女兵照成了我们一群姐妹很多年议论的话题，那个羡慕嫉妒呐！成为一个军人是我们那个时代最光荣的事情，最时尚的事情，也是华夏儿女身上最豪气的基因。

从这个层面讲，张载的喜言兵事则完全是一个忧国忧民、勇于担当的热血青年所为。要知道北宋是历史上最不尚武的朝代，成为一个武将在社会上并没有多么高的地位。然而，张载却并未因此而改变自己的想法和行为。因为他是一个总“少置意科举，相从于尧舜之域”的人。国家和百姓需要的地方就是他应该去的地方。

我忽然就想到了雷锋。去年（2019），我看田亮主演的电视连续剧《雷锋》，原本以为就那些耳熟能详的故事，不会有多么吸引人，然而田亮朴实的演绎却深深打动了我，很多桥段使我常感动得泪流满面。雷锋对国家发自肺腑的热爱，对朋友、亲人的真诚与感恩，对工作的敬业与勤恳，使我陷入一种深深的惭愧之中。他的那种忘我与纯粹令人震撼。他总爱说的一句话就是：“祖国的需要就是我的需要。”而一千年前的青年张载在国家边境吃紧、外患袭扰之时，也是义无反顾地奔赴边疆，这就是我们的民族之脊。千年以降，正是这样的人的存在，我们的民族大厦才坚挺至今。

虽然最终张载并未从军，但他却担起一项更为艰巨的历史使命，那就是为内忧外患的大宋寻觅一条通往康健精神的道路。因为在范仲淹看来，大宋之弱不是民不强，国不富，而是人的精神陷于一种迷境，导致国家陷入衰弱与颓废。而眼前这个青年，热血澎湃，头脑清晰，好钻喜研，实在是一个学者之料，应让其认真读书，究天人之际，通古今之变，为大宋子民建造一个健康、阳光的精神家园。显然，这个任务远比成为一个将军更艰难，更富有挑战性。于是，张载接受了这个挑战，由此，他迈出了成为一代大哲学家的第一步。

云岩新貌

1057 年，张载 38 岁，这一年他考中进士，与他同榜高中的有苏轼、苏辙和吕大钧。后者都是正值青春韶华之时，而他已近不惑之年。但他是自信而坦然的，因为此刻的他已在当时的京师开封坐上虎皮椅，开坛讲《易》了。连那个有名的蓝田吕大钧虽与他为“同榜友”，也拜他为师，对他执弟子礼。此时的张载对理学的认知与研究已形成了自己较为完整的体系，并在实践层面初步形成“敦本教化”的方法论。这便有了他出仕之后的“云岩之治”。

张载中进士后，先被授任祁州（今河北保定安国市）司法参军，后升迁为丹州云岩县令。彼时的云岩县与宜川县属同一个行政级别，直到宋熙宁七年（1074），才改云岩县为镇并入宜川县辖区。而张载的“云岩之治”大约是在 1058 年至 1067 年间。历史对于他这一段的记录甚是粗略，即便如此，这个隐藏在历史深处的小段落依然被这里的人们深深铭记。

一千年后的一天，2020 年 8 月 22 日，因为他，我专程去了一趟云岩。这个地方在陕北。

陕北是距我最近的北方，尽管北风凛冽，且愈往北愈“春风不度”，但那里有黄土高原、蒙古高原，它们的豪迈辽阔、高天流云，会让你的心胸瞬间变得宽大起来，而高原之巅的平坦与厚实又是如此让人感到温暖而安全。从渭河河谷一路北上，仿佛一个人一下子从拥挤的人海里突围而出，随着地势不断抬升，你的视野也会不断扩大，直到你看见整个大关中都在你的脚下，它比那种“会当凌绝顶”的感觉还神奇，眼见着一种高迈的辽阔，纵横的浩荡在你的脚下腾起，在一种不知不觉中被高原徐徐送上云端。我曾攀登过很多大山，但那种崚嶒尖峭的峰岭和崖壁总让人生出一种孤单和不安。

陕北高原的苦焦也是由来已久的。地球上的黄色土壤是一种结构疏松、富含碳酸盐、孔隙度大、透水性强、遇水易崩解、抗冲抗蚀性弱的土壤。陕北的开发其实并不算迟，但是，由于历史的原因，在这块土地上历朝历代都多有征伐讨袭，致使战争连年不断，人民生活朝不保夕。其结果是导致这块土地生产力滞后，文化落后，经济发展迟缓；连年的战争，也使陕北由一个“森林茂密，水草丰富，河流湖泊星罗棋布，宜农宜牧”的好地方，变成了如今的光山秃岭，沟壑纵横，风沙干旱的情景。植被的严重破坏，造成水土流失，又使陕北成为灾害频繁发生的地区。尤其明清至民国初期，这片高原俨然已成蛮荒之地的代名词。有篇名为《七笔勾》的文章可作明证：

万里遨游，百日山河无尽头，山秃穷而陡，水恶虎狼吼。四月柳絮稠，山花无锦绣，狂风阵起哪辨昏与昼。因此上把万紫千红一笔勾。

窑洞茅屋，省去砖木措上土，夏日晒难透，阴雨更肯漏。土块砌墙头，灯油壁上流，掩藏臭气马屎与牛溲。因此上把雕梁画栋一笔勾。

没面皮裘，四季常穿不肯丢，沙葛不需求，褐衫耐久留。裤腿宽而厚，破烂亦将就，毡片遮体被褥全没有。因此上把绫罗绸缎一笔勾。

客到久留，奶子熬茶敬一瓯，面饼葱汤醋，锅盔蒜盐韭。牛蹄与羊首，连毛吞入口，风卷残云吃尽方撒手。因此上把山珍海味一笔勾。

堪叹儒流，一领蓝衫便罢休，才步入黉门，文章便丢手。匾额挂门楼，不向长安走，飘风浪荡荣华坐享够。因此上把金榜题名一笔勾。

可笑女流，鬓发蓬松灰满头，腥膻乎乎口，面皮赛铁锈，黑漆钢叉手，驴蹄宽而厚，云雨巫山哪辨秋波流，因此上把粉黛佳人一笔勾。

塞外荒丘，鞑靼回番族类稠，形容如猪狗，性心似马牛。语出不离球，礼貌何谈周，圣人布道此处偏遗漏。因此上把礼义廉耻一笔勾。

这是清末光绪皇帝所派巡察官员、翰林王培棻到“三边”视察后的感悟，因为形象传神，至今为人口耳津津。

“蛮荒”也成了陕北高原最突出的标签。据说这个王培棻，还以此文为奏章，上奏清廷欲割陕北给外夷，这一下子激怒了陕北人。他们群起上访，终使王培棻被降职处理。

陕北人的愤怒的确是有原因的，因为一千年前，伟大的张载就已经把“敦本教化”的礼仪之道在这片高原上传播了。

只是我们这些后继之人在后来接续传承中不断地左顾右盼，终致传承之音日渐喑哑起来！

云岩，如今是宜川县第一大镇。

从渭河谷地去往陕北高原，有很多条道路，以西安为中心一路北上自西向东呈羽状分布。以延安为目的地，西线走彬州，过旬邑，达宜君，到延安；中线过铜川，走富县，至延安；东线出韩城，沿黄河西岸，过宜川，至延安。这三条线路自古至今一直是关中翻越黄土高原到达中国北方之北的重要交通要道。

去云岩，走其中任何一条道路均可到达。我选择走东线，即出韩城，沿黄河西岸北上。这是一条让我一直流连忘返的路，被人们亲切地称为中国的“1 号公路”。它南起渭南市华山脚下，过韩城、延安，北至榆林市府谷县，沿黄公路自南向北，串联起来 10 条高速公路、13 条国道与省道干线、80 多条县乡公路，全长 828.5 公里，沿途串联 3 个地级市，3 个县级市，11 个区县，还珠链般串起了西岳华山、壶口瀑布、洽川湿地、司马迁祠、党家村、韩城古城、黄河蛇曲国家地质公园、乾坤湾、闯王寨、吴堡古城等 50 余处名胜古迹景点，是近年陕西省打造的沿黄旅游观光长廊。导航地图标注名称为“沿黄公路”。

我是从高陵北出韩城，沿黄河西岸一路北上的。时过境迁，人生道路上，我们有很多的选择，只有做出正确的选择，我们才能更好地走向远方。

当年张载第一次北上去延州拜见范仲淹，走的很可能是西线古道。那是一条更古老的北上之路，它甚至可上溯至周代，公刘与亶父是最早的开路先锋。到了宋代，那条路应已是关中至陕北的官道了。所以，从历史的点滴记录推测，后来他去云岩做官走西线的可能性更大一些。当然彼时黄土高坡的坎坷小道与今日的高速公路是不可同日而语的。不过慢时代自有慢时代的逍遥与诗意，快时代亦有快时代的匆忙与浮躁。好在沿黄公路不是高速，正因如此我选择沿此向北，感受这一路的“山河表里”“峰峦如聚”和“波涛如怒”。

过司马迁祠了。这个祠庙一直是一个让我异常震撼的所在。第一次来这里是 2006 年春天，一个偶然的机会，和朋友路过韩城，从京昆高速下来，道路突然变得曲折起来，道旁的黄土梁峁层层叠叠，瞬间的不断盘桓下行使我有一种眩

晕之感。终于行至山脚，我被告知司马迁祠到了。

在我的眼前，一条石板古道逶迤向上，而在高高的蓝天下，一座祠庙赫然目前。其实祠庙所在地只是一座土岗，但这个平原上突兀而起的山岗仿佛平地上突然跃起的巨人，巍峨，高耸，挺拔，矗立，这些词汇都不足以描述我那时的感受。

直到我看见那座上书“高山仰止”牌匾的石坊，一下子感觉到这个词才真是对此时此景的最恰切表达。司马迁是华夏文化史中最耀眼的存在之一。尽管他受尽磨难，甚至不知所终，然而他那不屈权贵、秉笔直书的风骨气节，已深深融进华夏民族基因谱系之中。

看见黄河了。一条黄龙自北向南奔腾而来。8 月，正是北方的丰水期，加之今年的雨水又特别多，充足的水量使黄河显得浩荡不羁，浩瀚无比。

我对河流一直有一种莫名的敬畏，它看似温柔，实则威猛；它源于无形之气，聚于天地之间，能静如处子，能动若脱兔；囿于小池时，平如明镜，波澜不起；翻山越岭时，勇往直前，日夜不息。它是人类诞生的摇篮，生活的家园。年

轻时读张承志的《北方的河》，不明白作者何以如此不厌其烦地描写黄河，描写高原，描写那里的蓝天和信天游，后来才知道那时年少轻狂的自己，只羡慕天空的辽阔，根本理解不了大地的厚重与澎湃河流的奔涌。

壶口到了。这里是黄河流经陕北高原的一次惊天动地的狂欢。温柔而顽强的黄河水，一路铿锵而来，穿山绕原，强力颠覆着大地，切割着岩石，敲打着，冲刷着，当行至宜川

之东，吉县之西时，一头下潜 30 米之深，于是坚硬的河床在此形成了一个巨大而深潜的“壶之口”，河流至此如急驰奔腾的野马群，嘶吼着，拥挤着，高高跳下，又高高腾起。

我曾很多次来到这壶口边上，但每次的感觉都不一样。丰水季，丰沛浩荡；枯水季，细瘦如线；春夏秋冬，四季之景不同；朝晖夕阴，各个时辰相异。今年北方丰沛的雨水，使陕北高原哪怕只是一条浅浅的小溪，也水波涟涟，激情荡漾，浩浩汤汤的黄河就更不必说。上涨的河水溢满宽阔的河床，正是午后三四点钟，高挂在西天上的太阳，把一腔的明媚洒向巨大的河床，让原本就金黄的河流又闪烁出一河的银鳞。这闪着银光的奇异河流从遥远的天际汹涌而来，毫不犹豫地跳进高低错落的壶口龙槽，巨大的冲击力使河面溅起漫天金黄的珠玉，化成的水雾在阳光里扯起一道美丽的彩虹，宽阔的河面上因激流的簇拥而挂起了大小无数的瀑布。

一幅“天下黄河一壶收”的壮丽图景，在天地间霍然展

开。蓝天，高原，峡谷，河流，我站在高高的河岸之上，感受着母亲河的脉搏剧烈地跳动，沉醉在这无比壮阔的北国风光里！直至暮色渐起，我才依依不舍地离开了壶口。

从壶口西行，沿 G309 国道，可直抵宜川县城，那是我此行的投宿之地。离开了黄河大峡谷，我们的车子又进入到一条小峡谷。道左一条小河曲折相随，河道狭长，基岩裸露，与黄河河床的峥嵘几无二致。深深的河道里，奔流的河水发出“哗——哗——”的声响，如一头不安分的狮子，在奔跑嘶鸣，听之让人心紧。而道右层层危崖直立，块块巨石相挨相挤几欲坠落。不宽的路面时时卧有落石，“小心落石”的巨大警示牌，不断闪于眼前，更使人心惊。九曲十八弯是高原道路的特点，在这样的路上行走，唯有全神贯注才行。

大约晚上 8 点，我们到达宜川县城。夜晚的宜川县城和当下中国的所有城市一样，霓虹闪烁，酒绿灯红，街道两旁停满了私家车。一条小河穿城而过，满川水草，河水流速很快，但水量却不大，而因了小河的存在，这座高原小城滋润了许多呢。后来才知道这条河就是那条一路伴着我们的河流，只是我们是西行逆流而上，它则是东向顺流而下汇入黄河。

它有一个很官方的名字——县川河。

宜川，曾名为义川。北宋太平兴国元年（976），为避宋太宗赵光义（本名赵匡义）名讳，改义川县为宜川县。

在宜川住了一宿后，第二天我们再次进入 G309 国道，东行至秋林镇后，左拐进入 G242 国道，这是一条非常漂亮的高原大道。它一路向北，一路向上，直抵云岩。

先是穿山，依然是危崖两厢站立，直立的黄土裹着厚重的巨岩，危如累卵，层叠连绵，满目险象。突然，山不见了，眼前一片平坦与辽阔。道边果园连片，一眼望不到头，村庄比比，果农在路边摆着刚摘下的苹果，一堆一堆，使远远近近都闪着点点艳红。

那一瞬间我仿佛又到了渭河谷地，关中平原。但我分明知道，此刻我已跃上高原之巅，这里要比渭河谷地高出上千米呢！但是平坦的“原帽”总让人忘记高原之高。附近一定有很深的沟壑与峡谷，但在哪里呢？在一片果园旁，我们停下了车，我想穿过园子一探究竟。果然，当我穿过果园，一道深长的山谷出现了，它东西纵裂，携着一沟浓绿，蜿蜒东去，遥远的东边天际连绵起伏的梁峁，晨光之下，剪影如画。

余下的路则进入到一片原始森林之中，遮天蔽日的刺槐、椿树、榆树，从道旁向两侧蔓延，密不透风，好在不时有大货车呼啸而过，让这数万年的原始不再孤寂。

大约上午 9 点，云岩镇到了。云岩之名，因岩石重叠高入云端而得名。但云岩川道却是宽敞的，镇子颇具规模。我环顾四周的一切，一条小河穿镇而过，它就是云岩河（又称汾川河），是黄河中游支流之一。它的上源出自延安市南部

崂山东侧的九龙泉水，而后向东北流经南泥湾、麻洞川，弧形转流至临镇，折向东南，过官庄，在善马桥入宜川县，又经云岩、新市河，在高柏乡小河口注入黄河，全长112.5公里。

云岩镇即以云岩河一分为二，河左岸由南而北有云岩综合市场、渭恒酒店文化广场；河右岸是学校、镇政府和居民安居小区，高楼栋栋，房舍簇新。正是晨起早市时间，左岸的综合市场热闹非凡，“包子”“凉皮”叫卖声声。晨光中，这个黄河岸边的镇子一派祥和。

回想来时之路，从遥遥的关中至高高的云岩，其间多少山环水绕，九曲十八弯呢，想着那黄土高坡间、梁峁沟涧里该有怎样的荒凉，怎样的荒芜呢！岂不知一千年前，这里已不偏僻，更不闭塞呢！小小的云岩曾经接纳了历史上两个鼎鼎大名的人物在此“传经布道”。

一个是胡瑗，另一个就是张载。

胡瑗是泰州海陵人，因祖籍陕西子长县安定堡（一说甘肃省镇原县，西汉时属安定郡）故世人称其为“安定先生”。胡瑗有多厉害呢？王安石曾誉其为“天下豪杰魁”；范仲淹则尊其为“孔孟衣钵，苏湖领袖”；文学大家苏东坡也曾写下过赞颂他的诗句：“所以苏湖士，至今怀令古。”宋神宗在《御题胡安定先生》一文中写道：“先生之道，得孔孟之宗；先生之教，行苏湖之中……诚斯文之模范，为后世之钦崇！”明嘉靖皇帝下诏尊胡瑗为“先儒胡子”，享“从祀孔庙”待遇。

在范仲淹知延州时，荐胡瑗任丹州推官。胡瑗在宜川莅政之余，教授学生，广泛传授理学，从不懈怠。这是最让我惊叹的，一个当官的，却热衷教书，热衷办学。据《宜川县志》记载：随贤愚训之，士赖造就，见者即识为安定先生弟子。后来胡瑗任宋太常博士、天章阁侍讲，更为朝廷培养了大批的人才。所以《宋史》说他门下的弟子是“学派势重”，“礼部所选士十有四五为其弟子”。胡瑗还是中国高等教育的开创者与奠基人。他创立的“苏湖学规”被定为“太学法”推行全国。他是大学“分科”教学、学生住宿制的最早开创者与实践者。他提出的“致天下之治者在人才，成天下之才者在教化……教化之所本者在学校”成为教育的至理名言。尤为让人惊奇的是：他只是一介布衣，却“白衣而为天下师”。而他之于云岩竟也是那位伟大的范仲淹引荐的。

小小的云岩，荒僻的云岩，却与中国文化史上三位巨人

相遇，实在让人羡慕!

1058 年，39 岁的张载来到了云岩，这里借此亦成为“关学”传承的重镇之一。

张载在云岩任县令时，“政事大抵以敦本善俗为先”。也就是说，在一切工作中，他把传播自己的政治伦理观念，教化民众，将让百姓“明礼教，敦风俗”当成首要任务，把教化世人、改良风俗作为根本。他每一个月都会择吉日，备酒席，招待各乡镇长者，以扬尊老之风。张载经常访贫问苦，训诫年轻人。有事时，除刊发公告外，他担心有些信息不能完全传达给老百姓，常常把各个乡镇的负责人召集起来，给他们千叮咛，万嘱咐，要他们一定要告诉村里的百姓。而后不管在县政府，还是路上遇到老百姓，张载都会问：“我在那一天让某某人给你说了某某事，你知道不？”如果说知道了，就算了。如果没有传达到，他必然会处罚传话的人。因

此，只要他的号令一经传达，即使是村里不识字、没文化的人和小孩都会知道的。

直到今天，胡瑗和张载对宜川乃至陕北地区民众的生活习俗、衣食住行、家庭伦理等观念都有着很大的影响。例如：老人去世的丧葬仪式，在当地被称着“夫子礼”，即是张载为贯穿自己的忠孝仁悌观念而创设的。按当地的习俗，老人殁了，先要叫娘家人来“吊”，这个“吊”一方面是吊唁，主要是娘家人对死者进行一番查验，看是否寿终正寝，只有娘家人发了话，葬礼才能合法进行。葬礼仪式一般是由四名穿长袍、戴礼帽的礼生主持，长子带领的孝子们及前来参加葬礼的祭客，在礼生主持下有条不紊地进行每一项祭奠活动。其中有一项仪式叫“下话”，对于孝子来说，无论去世的是父亲或是母亲，都要给母亲的娘家人“下话”。当此之时，设桌具酒食，娘家所有的来客都坐在桌前，孝子及儿媳一一跪在当院，先由孝子叙说老人重病期间看病及去世的经过，接着由娘家人当着众人的面挨个数说每个儿子及儿媳对老人是否孝顺，对其人品及作为当众作出一个公允的评价。我小时候村里哪家过事时，那个大总管张爷其实在我们村就是“长老”级别的人物呢！至今，关中农村丧葬礼仪中的“死者的娘舅给孝子披红”即是流源于此。

那天，我漫步在这个高原小镇的小河之畔，徜徉在方正大气的张载文化广场。在这个广场的中心，一尊高大的花岗石张载雕像傲然矗立。

我缓缓走向先生，迎着先生慈祥而深邃的目光。此刻，秋高气爽，朝霞满天，四围青山连绵，耳畔鸟鸣啾啾，身旁水流潺潺，一种饱满的清新之气充盈在我周围，我不禁贪婪地呼吸着。文化广场上人来人往，垂髫小儿与跳舞的大妈们，笑得那么舒心，那么灿烂！

作者林焕琴在张载塑像前留影纪念

横渠遗风

横渠，位于宝鸡眉县城东 25 公里处。宋代的《元丰九域志》记载，郿坞有四镇：虢川镇（今桃川西，宝鸡陈仓区境内）、斜谷镇（今齐镇附近）、清湫镇（今槐芽西）、横渠镇（今横渠）。这说明在宋代之前就有横渠的称谓，并逐渐形成了集镇。

横渠的来历，《眉县志》中有这样的记载：北宋前，秦岭峪口东起泥谷（韦谷）、珍珠泉、响泉、大镇谷，两谷两泉之水交汇为东渠；西起华岩沟、板桥沟、汤峪沟、野峪沟，四沟之水合流于汤峪河，谓之西渠。东西二渠北流于横渠之北入一条东西走向的渠道，再北流三里入渭河。此地故名横渠。

1034 年，15 岁的张载为去世的父亲扶柩归家，途经太白山下的横渠镇，而正是横渠镇的一次偶然的挽留，也使这个名不见经传的地方，幸运地成了这个未来哲学家最终的故乡。

从15岁起，除过39岁至51岁间在外为官的短短十二年时间，张载一直生活在横渠，直到终老，与自己的父亲张迪和弟弟张戬一起长眠于此。

这儿有他温暖的家，有他聪明懂事、用功读书的弟弟，有他慈祥温柔的母亲，有他知书达理的妻子，有他活泼可爱的儿女。作为这个家庭的一家之主，他孝敬母亲，悌友兄弟，夫妻恩爱，关心儿女。他用自己15岁时拜谒诸葛武侯祠时写的“六有”与弟弟张戬互相砥砺，并由此定出“十戒”，即：

戒逐淫朋队伍，

戒好鲜衣美食，

戒驰马试剑斗鸡走狗，

戒滥饮狂歌，

戒早眠晏起，

戒依父兄势轻动打骂，

戒喜行尖戳事，

戒近昵婢子，

戒气质高傲不循足让，

戒多诡言习市语。

我读着这“六有”“十戒”，感慨万千。何以张载会成为一代大儒？何以张氏家族会兴盛至今？因为他们有“六有”，有“十戒”呀！反观我们当下那好“鲜衣美食”者，好“驰马试剑斗鸡走狗”者，好“滥饮狂歌”者，好“早眠晏起”者，好“依父兄势轻动打骂”者，竟比比焉满目皆是，实令人震惊与惭愧！

让我们闭目遥想：一千年前，一个身着青衣布衫，肩扛锄头，手握经书的人，他一面“汗滴禾下土”，“种豆南山下”；一面苦读圣贤书，穷究宇宙万物之道。这是我们这个民族曾经多美的一幅“耕读传家”图啊！从某种意义上讲，那时的张载就是一个农民，然而他却从未丢下书本，不但未丢还以一种顽强与执着使自己成为一个大学问家、大思想家。正是他喊出了“为天地立心，为生民立命，为往圣继绝学，为万世开太平”的传世之声。最让我感动的是在中国古代这样接地气的民间学者并非张载一个，他们一面耕作，一面读书。而今天，我们的一些学者居于城市，远离大地与民生，却还自诩为民生专家；我们的一些学子把高福利、高待遇作为人生追求，求而不得时反怨父母无能。

横渠，是他读书之地。就在如今的张载祠所在的地方，一千年前这里有一个崇寿书院，少年张载即在此读四书，阅五经。尤其是他 21 岁时与范仲淹的延州之晤，那次相见，范仲淹让他研读《中庸》，探寻中华文化之精微，为天地立心，为生民立命。也就是从那时开始，他的读书进入了另一个境界。从 21 岁至 39 岁近二十年间，他从《中庸》出发，出入佛老，回味六经，成为一个博学之人。

横渠，是他学术研究之地。尤其在他 51 岁之后，依靠家中数百亩薄田生活，整日讲学读书，“俯而读，仰而思。有得则识之，或中夜起坐，取烛以书……”其间，他写下了大量著作，对自己一生的学术成就进行了总结，并亲自带领学生进行恢复古礼和井田制两项实践。为了训诫学者，他作《砭愚》《订顽》训辞（即《东铭》《西铭》），书于大门两侧。张载对推行“井田”用力最多，他曾把自己撰写的《井田议》主张，上奏皇帝，并与学生们买地一块，按照《周礼》的模式，划分为公田、私田等，分给无地、少地的农民，并疏通东西二渠“验之一乡”，以证明井田制的可行性和有效性。今横渠镇崖下村、扶风午井镇、长安子午镇仍保存着遗迹，至今这一带还流传着“横渠八水验井田”的故事。

张载仰观太白云雾，俯察脚下大地，不信佛道迷信，坚持脚踏实地，他认为万物源于“太虚”，“太虚”之本乃“气”。万物之形源于“气聚气散”。张载说：“故天地之塞，吾其体；天地之帅，吾其性。民，吾同胞；物，吾与也。”所以，《西铭》语云：“凡天下疲癃、残疾、惸独、鳏寡，皆吾兄弟之颠连而无告者也。”这是中国古代哲学思想理念中最动

人、最温暖的篇章。

2013年的春天，当我第一次接触“关学”，第一次读到《西铭》时，我的眼睛一下子湿润了。一个生命的诞生对自然宇宙而言是那么偶然而又平常，它带着基因的缺陷，形成自体生命难以突破与改变的局限，如果不能以平等的姿态去对待每一个自然生命，人类会在自己的精神藩篱中挣扎痛苦成什么样子呢！张载的《西铭》如中国中世纪的一道光，如此明亮，如此耀眼，从太白山下，横渠书院升起，烛照关中，映现华夏宇空，使千年以降的中国人看见了人性的光辉，生命的美丽。

《西铭》，原名《订顽》，与之相对的还有一篇《东铭》，原名《砭愚》。这两篇文章都是张载 51 岁辞官归隐横渠后所作。“订”和“砭”都是动词，“顽”和“愚”是名词，显然，此“双铭”就张载思想而言，具有强烈的方法论意义。一个思想家可以穷究天地，形成自己的理论，但纵览古今中外，这些人当中“语言的巨人，行动的矮子”者居多。张载则是一个特例，他是一个鲜有的“知行合一”的思想家。而这种对实践性的重视，也成了日后“关学”思想的重要特征之一。

1076 年，对张载而言是一个悲喜交加的年份。这一年，他亲爱的弟弟，年仅 47 岁的张戬不幸去世。这个小他 10 岁的弟弟对张载而言，既有手足之暖，更是精神知音，读书学侣。他们兄弟二人，亦兄亦弟，亦师亦友。在学术上，弟弟张戬更是张载关学思想在实践上的一个完美典范。他不苟言笑，神情肃端，待人平等宽厚，喜夸人长，不论人短，谦逊宽容，慎独思过，坦诚处事，敢作敢为。

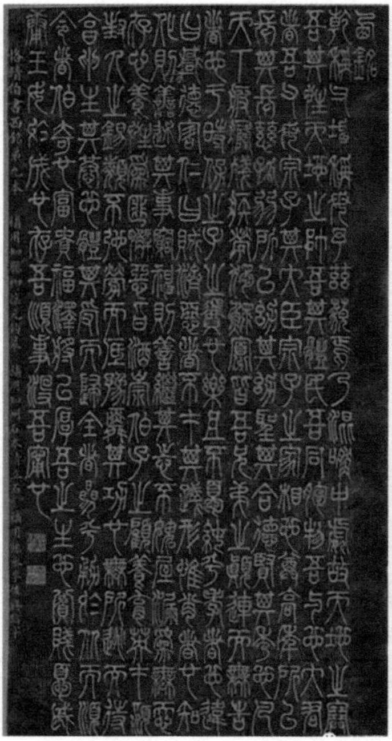

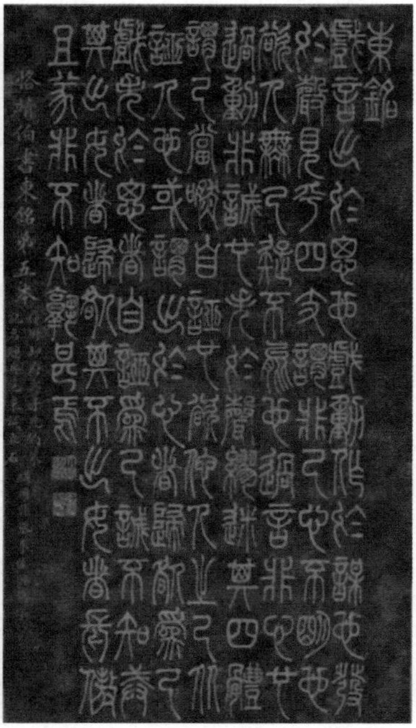

吕大临曾这样评价张戬：“天祺君之善，有不胜书。要以大者，盖其力之厚，任天下之重而不辞。其气之强，笃行礼仪而不倦；其忠之甚，使死者复生而无憾。”

然而天不假年，张戬英年早逝。张载痛彻心扉，写下哀辞：“哀哀吾弟，而今而后，战兢勉夫！”

而另一件却是喜事，就是《吕氏乡约》的诞生。吕氏兄弟家住蓝田，书香门第，官宦之家，家风正肃，为人宽厚，为官廉洁。兄弟六人吕大忠、吕大防、吕大钧、吕大临、吕

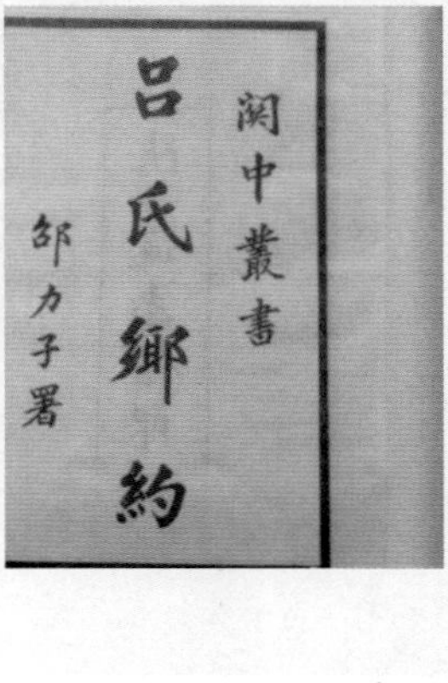

大观、吕大受，五子登科，这样的显赫之家，当时是唯有“眉山三苏”可与其比肩。其中吕大钧27岁即与张载同科进士，然却因敬仰张载学问，最早对张载“执弟子礼”，成为张载门下第一大弟子，后其余三兄弟大忠、大防、大临陆续加入张载门下。他们以“气本之说”为宗，坚持“气质变化”之道，以“礼教”为法，践行关学思想。他们编制“乡约”，推行乡里民间，从而使关中风俗为之一变。《吕氏乡约》被誉为第一部中国人的“精神宪法”。这是中国文化史上最具光华的一页。

“德业相劝，过失相规，礼俗相交，患难相恤。”这是中国读书人美好的人生理想，是中华大地上长出来的多么温暖的世俗社会之花。每一个生命，只要生活在这样的乡约里，再大的人生不幸、痛苦、困厄、孤独都会烟消云散。

什么是“礼”？“礼”就是秩序，是规则，是人际交往的原则。人从脱离动物之身而成为人的那一刻起，就拥有了这个世界上最特别的东西——意识。这个奇妙的东西，一面让人的世界一日一日变得丰富灿烂，一面又让人与人之间也变得复杂多变。

当人结伴而行时，常又因相互碰撞而怒目相向；离群而行，又因形单影只，而陷于孤独。人际，社交，对人而言，既渴望，又恐惧。

怎样才能让人与人和睦相处？

怎样才能使人与人相亲相爱？

仅靠“血缘”去联系吗？显然那是无力的，因为人与人有远比血亲更复杂的关系。

我们的祖先发明了“礼仪”。从周代始，就有一套完备的“礼仪”制度。但是那时之“礼”仅至于“君子”（先秦之时特指社会地位高的达官贵人），而不涉于“小人”（先秦时指社会地位低下的乡野百姓）。

真正使“礼”施于百姓黎民者，正是从《吕氏乡约》始。“蓝田四吕”是“关学”思想的忠实信徒，他们以“万物皆气”为宗，坚信“气质变化”之理，秉持“民胞物与”之念，施以“敦本礼教”之策，使众生相处达于和谐与美好。让善良的人性迸发出人世间最动人的光辉。

1077年冬天，张载走完了自己五十八年的人生，静静地长眠在横渠大振谷迷狐岭上，永远伴在了父亲和弟弟的身旁。而他的思想经由“四为”“六有”“十戒”以及《东铭》《西铭》，还有蓝田的《吕氏乡约》，穿越历史的千年风霜，昂然走到了21世纪的今天。

从2016年开始，我几乎年年都要去一趟横渠。从渭水之北的高陵去往渭水之南之西的眉县，凡三百里，我仿佛一个朝圣者净手沐面，肃穆而来。这里村庄连绵，绿树四合，原野辽阔，土地肥沃。我尤其喜欢在横渠镇的乡道漫步，那一户户高门大院，那村人儿童，他们相互致意，满面祥和。不远处，古朴厚重、灰瓦红墙的张载祠里，常常会飘出一阵阵诵读之音：“为天地立心，为生民立命，为往圣继绝学，为万世开太平。”那又是某个学校的学生来此参观学习了。

每每此刻，我心下一阵欣然，我知道在横渠张子的千年耕耘下，关中礼成！

2020年7月21日晚上10点40分草于渭北澡雪屋

2020年9月8日下午1点40分改于渭北澡雪屋

出/关/中/记

CHU GUAN ZHONG JI

关学一脉，渭水长天

——

一次偶然的随性之作，起因于中国人都熟悉的一个成语“泾渭分明”，它既是高陵的一个自然胜景，又是汉语言中一个独具人文内涵的词汇。但随着对它的自然与人文内涵的深入挖掘，我突然发现这个小小的成语竟有着和华夏文明等长的发达根系，而就在这发达的根系里，我眼中一直寻常的家乡突然变得不寻常起来，那路边的老白杨，渠岸上的老柳树，县城背街的石板路，都仿佛一下子有了灵性，正款款向我诉说着沧桑的往昔……

杨氏三贤

杨氏三贤指元代高陵杨天德（父）、杨恭懿（子）和杨寅（孙）。祖孙三代，极力倡导关学精神，孜孜不倦地以讲学为生，弘扬张载一贯主张的实学风格和为人“气节”。彼时即有“杨氏三代”“郁郁遗风”之美誉。元代文学家姚燧称颂杨恭懿为“西士山斗，学者宗之”。杨氏三代的努力，终于使关学在元代尚未失忆失语，也为明代关学的复兴打下了基础。

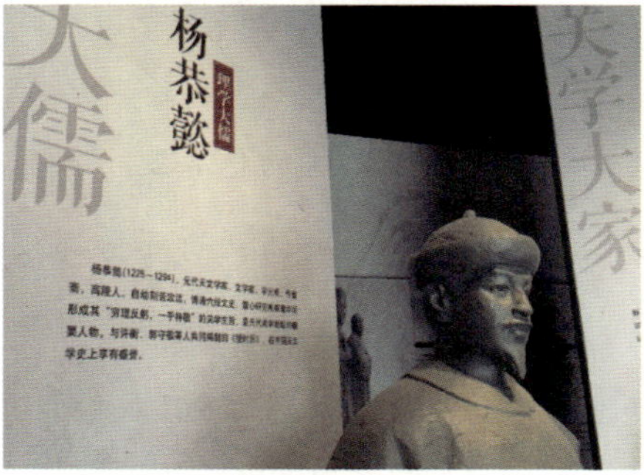

杨恭懿（1225—1294）

谥号文康，著有《潜斋遗稿》多卷，主持编修元代《授时历》。

吕　柟（1479—1542）

明代学者、教育家，陕西高陵人，原字大栋，后改字仲木，号泾野，学者称泾野先生。

吕柟的一生跌宕起伏，是明中期关学重要的复起者之一。《明史》称其“仕三十余年，家无长物，终身未尝有惰容。时天下言学者，不归王守仁，则归湛若水，独守程、朱不变者，惟柟与罗钦顺云”。

白遇道（1836—1926）

陕西高陵人，求学于三原宏道书院，同治十三年（1874）中进士，授翰林院编修。光绪六年（1880），应邀编修《高陵县续志》，历时两载，体例与吕柟《高陵县志》相同，但在运用资料方面均标示出处，文笔洗练，不让先贤。白遇道一生著述颇丰，除《高陵县续志》刊印流传于世，还有遗著《课馆诗赋偶存》《养正山房文稿》《训蒙草》等，乃是清末关学的“晨星硕果”。

泾渭分明

在关中腹地有两条河流。它们均发源于黄土高原西部，这两河源头相距不过 300 公里，都在甘陇的大山里，一条出陇东，一条出陇中。出陇东者，泾河；出陇中者，渭水。泾流渭水，一北一南，翻山越岭，相会于一马平川的关中平原腹地——高陵。

作为河流这是一个平常的相遇。

华夏大地上有千万条河流，这千万条河流有数不清的相遇汇聚。这是亚洲东部西高东低的地势使然，尽管它们中的相遇也着实浩浩荡荡，气象万千。

我曾站在黄鹤楼上观赏“晴川历历汉阳树”的美景，目睹滔滔汉江注入长江的恢宏气势；也曾在朝天门码头，惊叹嘉陵江与长江相汇的壮观。与之相比，泾渭相汇有些安静。它们居于干旱少雨的北方，行走在沿途干渴的黄土地之上，一路缓缓而来，像两个慈悲的布施者，所过之地皆成沃野，直到咸阳之东，西安之北，白蟒塬下。这时的泾河已瘦成一线清流，贴着塬根，绕着一片白杨树林，如羞涩的少女，柔波款款；而渭水则像一个宽厚热情的壮汉，在西南天际甩一个漂亮的弧线直奔白蟒塬而来。然后，它们相汇了，没有洪波汹涌，水面也并不辽阔，几乎悄无声息。然而，这个相汇却又注定是不寻常的。它们相汇而不相混，一清一浊，二水分明。因它们的相汇，汉语词典里诞生了一个成语，再后来这个成语又衍生出一种独特的文化精神气象，这便是“泾渭

分明”。

我第一次站在“泾渭分明”的面前，是18岁那一年。那也是我第一次如此切近地与一条河流相遇。

在此之前，我在渭北的田野里劳作，我的视线里只有深厚的黄土地，我甚至从未走出过我出生的高陵西北那个叫宋村的偏僻乡村，也根本不知道在距我不到四十里的“南岸子”竟有两条如此美丽的河流悄然流过。

多年以后，我仍感谢我的那个家住榆楚上马渡的同学，正是他热情的邀约，我第一次站在了“泾渭分明”的身边。尽管此前我早已在书本里读到这个已成为成语典故的汉语言词汇。但文字与现实的关系似乎总有一种遥远的隔膜，直到那一刻，我和我的同学穿过连绵的庄稼地，蹚过没膝的蒿草滩，翻过荒凉的黄土梁，猛然间山川、河流、平原，齐聚眼前。秦岭隐隐如一痕淡墨，河流徐徐如飘动的玉带，一种从未有过的壮阔与浩渺涨满我的心间。正是夕阳西下时分，残阳铺水，波光耀眼，沙鸥翔集，苇荡摇曳。两条河流，一水居南，浊流涌动；一水靠北，细瘦清明。二水相汇，竟清者亦清，浊者仍浊！我一下子意识到这便是“泾渭分明”了！我年轻的心房第一次被大自然的壮丽惊到了。原来在我的家乡，这个巴掌大的小地方竟隐藏着如此壮美而奇异的风光！

在以后的人生岁月里，拜谒“泾渭分明”成了我生活里不可或缺的精神享受。在每一个季节里，我总会走近它，抖落满身红尘，仰观高天流云，俯瞰泾渭水长，品味泾清渭浊的奇观，让心灵享受那来自大自然的神秘抚慰。

我无意考证是“泾清渭浊”还是“泾浊渭清”，那是地质学家的事情。我更好奇的是“泾渭分明”这个词的生长历程和独特个性。而作为“泾渭分明”发生地的渭北高陵，在这个进程中又曾经发挥着何种作用？为什么华夏大地上无数的江河湖海，它们也无数次相遇相汇，却唯有“泾渭”之汇流进了华夏文化的浩瀚长河？它又是如何流进了中华民族的血脉基因，形成了华夏民族独特的性格和人格？

地球绕太阳的公转，使我们生活的这个星球有了春、夏、秋、冬四季更替之景。其实在我们华夏大地之上，四季的存在形式更多的时候是在一些地方要么只有夏季，比如海南；在另一些地方要么只有冬天，比如漠河；而那个云南昆明一年里却只有春天。但在关中平原，这个被称为中国“白菜心”的地方，太阳却是一个真正公正且智慧的王者，它从不恣意挥洒自己的光热，而是均匀地播撒出春、夏、秋、冬四种不同的景象，春的娇嫩，夏的激情，秋的浓烈，冬的肃穆。这不同的景象又在宇宙的生息运行中，组成同一条生长的链条，造化出大自然和而不同的共生景象。尤其是在北纬34°32′27.00″东经108°55′25.00″的交叉点上，这样的景象更为明显。这是一个独特的交叉点，它是中国的大地原点。在这原点之南泾河渭水流过，之北为黄土高原的南端，乃关中盆地北沿，之东便是古邑高陵。

这里厚厚的黄土与泾流渭水携带的泥沙形成渭河阶地，肥沃而平坦，农事古老而发达，咥燃面，吼秦腔。这里的人们祖祖辈辈美滋滋地守着八百里秦川上连片的庄稼地，肚子不挨饿，万事不求人。

这样天地里的人走路都是气昂昂的，牛气得很！人一牛气起来就容易倔，也容易犟。于是“生、蹭、冷、倔”成了这里人的标志。陕西人被称为“冷娃”，“冷”，乃硬也，就是“牛气”，用今天的时髦话说就是“高冷”，就是“傲”。而高陵人更甚，被称为“大 sa ”！“高陵大 sa”，陕西人称人的头部为“sa”，有“大 sa 有宝”之说，可见“高陵大 sa”有多厉害。但在高陵本地“大 sa”其实还有一层含义就是“憨厚、实在、倔犟”，这种性格上的特点甚至表现在高陵人说话的节奏和腔调上。高陵人说话，节奏短促，声音低沉，一字一顿，很少拖腔，给人一种不容置疑之感。这是地道的大秦之腔，是实实在在从丹田发出的豪气之音啊！

其实，行政意义上的高陵很小，但文化意义上的高陵却有着古老悠远的历史。据最新考古发现，“泾渭分明”处以北，白蟒塬尾的杨官寨遗址有可能是五千五百年前的黄帝帝都。我曾目睹那片已被定义为“庙底沟文化时期环壕聚落遗址”区，亲眼看见考古专家在一个发掘出的“门址”里，用细细的刷子轻轻拂去一块泥坯上的尘土时一声惊呼的神情。这是一块草泥搅拌而成的泥坯，随着层层灰土的剥落，两个清晰的手指印痕竟出现在人们眼前。那一瞬间，我仿佛看见那已隐没在另一个时空里的上古繁华，看见了他们和泥筑屋，喜迁新居的喜悦表情。也就是说，华夏文明起源的“芯”有可能就在高陵。而有史记载的置县记录，也在秦孝公时代，距今也有近两千五百年的历史。

古高陵曾目睹了大秦帝国崛起的盛景。

那时的秦国正是商鞅变法之时，都居栎阳，这个古城就是今高陵东部 10 公里处的阎良区栎阳镇。古栎阳对于正在崛起的秦国而言有极其重要的地位。它的西面有周人的旧都岐周、丰京和镐京，东面可沿渭河出函谷关直达广阔的中原，北面可渡过黄河沿汾水到达魏国、赵国，也可直接到达黄河以西远至河套的广大地区。司马迁说栎阳的地势是“北御戎狄，东通三晋”。今天的考古已确认此处是秦国当时重要兵器的制造基地。

那是大秦帝国刚刚拉开大幕之际，举国上下，意气风发。徙木立信，商鞅变法，渭水之阳，新的都城——咸阳，正在筑建。从栎阳至咸阳，一条宽阔的大道业已贯通，高陵是大道必经之地，后人称此道为“秦驰道”。这条路今天已变成了“京昆高速”之“西阎段”。我曾无数次走过这条道路，遥想两千五百年前，这条路上奔走的那群开创大秦伟业的壮汉，他们或驾长车，或骑骏马，个个目光炯炯，行色匆匆。他们沿高陵之南，渭水之阳，依白蟒塬畔东至栎阳，西去咸阳。而塬下正是“泾渭交汇”之处。在这河塬相依之地，阴阳相济之处，冥冥之中天地会给他们以何种启示呢？当他们的目光落在这浩荡洪波之上，看见这“清浊分明”的异景之时，他们会发出何种感叹？我又想起了公刘、亶父，想起了刘邦，还有李世民，他们都曾热烈地注视和宠爱过这个泾渭两河流域的广阔原野。

最早让“泾渭分明”走进华夏历史的是一首诗《诗经·邶风·谷风》。“泾以渭浊，湜湜其沚”，明明“浊浪滚滚”却还“湜湜其沚”，这个女人该有多犟啊！后来伟大的司马迁来了，他站在泾渭分明的水边时还是个意气风发的翩翩少年，他惊讶于“泾渭分明”的神奇，用年轻的脚力去追溯泾渭源流的性状。而太史公一生的际遇更是一个“湜湜其沚”的明证。再后来，杜甫的《秋雨叹》里“浊泾清渭何当分”的忧世伤时之情，又使“泾渭分明”笼上悲壮的气象。

我有时很疑惑，他们到底是触景生情还是借景抒怀呢？似乎都有吧，如果没有这奇妙之景，我们似乎无以感知和表达世间人事之分明状；相反，若此妙景未进入彼时人的精神观照之中，此景也只是一个平凡的自然现象而已！但我更愿意接受后者。

在农事发达的泾渭河谷，我们的先贤族人在“天人合一”的生存法则之下，以一种笃定与豪迈之气奋勇向前。当这种笃定与豪迈遇见“泾渭分明”之景时，便找到了来自自然的印证与鼓励。于是，“泾渭分明”成了泾渭岸边的先贤们独有的精神气象。

而在古邑高陵，这种气象最浓郁之处，最早出现在高陵老城之南，渭水北岸的奉正塬上。

奉正大阜

泾流渭水相汇处的北岸，有一道长约百里的土塬，它东起临潼区任留乡垣头村，西至泾阳县永乐镇福多李村，塬体大部分位于高陵之南，这道土塬就是奉正塬。传说很久以前，有个叫白奉正的秀才上京赶考，在路过泾河的时候，看到几个顽童捉到一条鱼要弄死。白秀才起了善心，就把鱼买下放回泾河。他刚把鱼放到河里，那鱼就忽然变成了一个美貌女子，对白秀才说：“我是泾河龙王的小女儿，先生救下了我，我一定要报答你！”于是，将白秀才带到龙宫，做了乘龙快婿，并有了九个儿子。但这九个龙子却不像他们父母那样善良淳厚，而是整天在人间耍蛮玩横，要人们修龙王庙，献童男童女，稍不如意便大发雷霆，把一个好端端的八百里秦川弄得汪洋一片，使泾河河道常年向北泛滥。终于有一天事发，被玉皇大帝知道了，就派天神下界，把九条孽龙捉到终南山南五台处死。而可怜的白秀才也被身首异处，头放在了现在西安的龙首原，身子放在了泾河北岸，变成土塬阻挡河水。因为白秀才名叫奉正，所以这塬叫“奉正塬”。

就海拔高度而言，奉正塬并不高，高陵境内的地势走向是西北高东南低，而奉正塬在高陵的南部，其实是高陵境内海拔的最低点，然而奉正塬的确又是卓尔不群的。明代《高陵县志》记载：“自泾阳来，过县达临潼，延几百里，高者四五丈，泾渭之不能北徙者，此也。故自周秦汉隋唐，王侯将相多葬于此，又名降驾原者。”

因为关中盆地的地势特点，从盆地底部向北跨过渭河之后，奉正塬是其北岸的第一道隆起，也是整个黄土高原的最南缘。与北部高原相比，它真是很不起眼，但却以自己不大的体量成为渭河北岸一道天然的堤坝。也就是说，南居关中长安的华夏十三朝的王侯将相们，一转身，一抬眼看到的第一道山川屏障就是“关中灵气结层台，临眺高原翠作堆”的奉正塬，这种肃穆与苍茫引得那些住在阿房宫、未央宫、大明宫里的帝王们竟都将百年之后的长眠之地置于此。

奉正塬最傲岸之处，在东渭桥所在之处。东渭桥是渭河上的古桥之一，位置在北岸的张卜与南岸耿镇一线。20世纪80年代末，刚刚走出大学校园的我，曾一人骑一辆“二八”大自行车第一次从渭河北岸经此桥跨过渭河，去灞桥六十五中看望在那教书的发小。东渭桥连接的是修筑于 20 世纪 30 年代的国道 G210，据说这座建成于 20 世纪 50 年代末的渭桥还是苏联援华的作品。

由渭北高陵城区出发走 G210 国道一路向南，爬过一道长长的大坡之后，回望来路，高陵城已被远远地踩在脚下，变得有些缥缈了。那时的 G210 国道不像如今这样繁忙，更无拥堵，经常是空旷的，偶尔会驶过一辆解放大卡，或 55 型拖拉机，更多的是骑自行车的人。上坡之后，塬上地势开始平缓一些，但也就一小段，紧接着道路开始下坡。这是一段长近 200 米，坡度达 50° 的大坡，从塬头一直下到渭河岸边。我的自行车从高高的坡头几乎以飞翔的姿态飞驰而下，道路两边直立的土塬，从身旁一闪而过，耳旁只有呼呼的风声。好在路上没车，让我体验了一种几近失控的自行车飞驰的速度与激情。

当自行车速度开始变慢时，我已身处东渭桥的中央，我跳下车子，平复着狂跳的心，蓦然回头，不禁深吸一口气。我看见了身后高高的奉正塬，如一道巍峨的长城自西向东傲然耸立于渭水北岸。浩荡的渭水从西边天际逶迤而来，沿着塬脚缓缓东流，河塬相依，山川静穆。我就这样扭头仰望着，像傻了一般。

在我 20 岁的生命里，第一次被自然的伟岸与肃穆震惊！第一次沉醉在山水的威仪与雄姿之中！

若仅如此去褒奖一道土塬，那未免有些矫情，尤其是在名山大川数不胜数的华夏大地之上，这道小小的隆起又是多么的不值一提！然而，奉正塬实在有它的骄傲在。

这得从 11 世纪说起，从伟大的张载说起。北宋是中国历史上一个独特的存在，如果说春秋战国因争夺天下而诸子百家争鸣，一篇篇雄文虽灿若群星，却总有追权逐利贪名之嫌，让中国的第一座思想高峰总是弥漫着些许世俗之气。但到了大宋，情形完全不一样了，也许是从周秦至汉唐，太多的前车之鉴；也许是五代十国 70 年的分裂战乱，大宋统治者在经历了马上厮杀得天下之后，有了一种强烈的“立地成佛”之感。

我太喜欢赵匡胤了，因为他给了彼时文人一个美丽的后花园。没有大宋朝就没有中国文人画，而中国古典小说其实就是脱胎于宋话本，尤其是宋词的出现，应该就是中国文学史上最早的自由诗。我第一次遇见宋词，就一下子爱上了它，它既典雅蕴藉又自由奔放，那种参差错落、长短自在的节奏和我产生了深深的共鸣。我一直不喜欢格律诗，它的束缚太大，太做作。

这是中国历史上难得的时代，人们的精神获得了前所未有的解放与自由，先后形成了新学、濂学、象数学、关学、洛学、朔学、蜀学、闽学、婺学、心学、事功学等凡几百家的学术思想流派，而且各学派之间常年展开自由的交流辩论，各执师说，相互辩难，继而又形成了中国历史上继春秋战国之后，第二次百家争鸣的盛况。而此盛况已尽脱春秋战国诸子之功利，呈现出一种更为高远的精神诉求。最有名的是张载与周敦颐、邵雍、程颐、程颢合称的“北宋五子”。因张载为关中西府眉县人，他创立的理学学派被称为“关学”。

很惭愧，我是在知天命之际才真正接触到关学。但又很庆幸，因为我生长在关学诞生的关中大地。关学的内涵很丰富，形而上至宇宙观，形而下至方法论，思维宏阔而细微，气势雄浑而高迈，情怀博大而宽厚。作为一个学术流派，关学是唯物的，因其唯物，它倡导务实，格物致知，经世致用，践履笃行。张载的“民胞物与”满怀对生命的悲悯，他的“经世致用”又充满对生活的真诚。这是真正的关中大地上长成的学问。这里厚厚的黄土，平坦的大地，实在的秦人，吼唱的秦腔，造就出张载这个仁厚的思想家，他就像我的爷爷，我的父亲，我的兄长。他说：“凡天下疲癃、残疾、惸独、鳏寡，皆吾兄弟之颠连而无告者也。”我一直认为，这是中国国学里最动人的句子。它以一种众生平等的慈悲，让洞悉宇宙的思维之光穿越了历史的重重雾霾，为华夏大地射进一束明亮。他在家乡横渠办学，他写《订顽》（《西铭》），书《砭愚》（《东铭》），一座横渠书院至今端坐于太白山下。他亲自带领学生进行恢复古礼和井田制两项实践，成为那个时代反对玄思空谈，力主笃行实践的唯一的一个哲学大师。古今中外，在他之前，在他之后，思想者不计其数，煌煌论著浩如烟海，但亲自进行社会实践者有几个呢？唯有张载，唯有关学！

我曾站在横渠镇旷远的原野上，眺望这方天地，这是一片平坦富庶之地，南依太白，北临渭水，山河表里，阡陌纵横，一村一院，绿树成荫，黄发老叟者，谦谦而行，一派岁月静好。我知道横渠书院在此已一千年了呢！《订顽》与《砭愚》在这方天际也回响了一千年了呢！

张载最早的追随者，蓝田吕氏一门，兄弟五人登科及第，他们对关学的最大贡献是制订了《吕氏乡约》。这是一部遵循关学“以《礼》为用”原则，践行关学精神的典范著作。其宗旨是“德业相劝，过失相规，礼俗相交，患难相恤”。根据吕氏设想，乡约由地方士绅倡立，乡人自愿加入或退出。到明清时期，全国 90% 以上的县以下地区都在推行沿用并遵

守乡约。明代著名教育家冯从吾赞扬说："自从《吕氏乡约》在关中推行以后，'关中风俗为之一变'"。中国现代历史学家、国学大师钱穆赞誉其为中国人的"精神宪法"。

至今，在关中的村村镇镇，婚丧嫁娶之习俗观念、行事准则，都有着深深的"乡约"痕迹。看陈忠实的《白鹿原》简直就是《吕氏乡约》的小说版。关学之于关中完全已渗入民众的血液之中。

一千年的时间，多少战乱，多少分合，历史的城头也变幻了无数的大王旗帜，但今天我仍听见了"德业相劝"的诵读之声。这是一种赓续不断的传承，是这片大地上无数古圣先贤前仆后继、矢志不移的接力，浸透着他们的心血，哪怕是在漫长的黑夜里也从来没有停止。

在无数传承者中有一个无法绕过的家族，就是"杨氏三贤"。这是一个在关学发展历史上绝对了不起的家族：仅凭一家之力，祖孙三代，生生连接起关学在一个时代近百年的传续。正是他们的努力，既消除了关学研究的断代之虞，又为明、清的理学家提供了丰富的资料。而这杨氏之家就在渭水北岸的奉正塬上。他们是父亲杨天德，儿子杨恭懿，孙子杨寅。

我是二十年前在高陵县城街边的旧书摊上，于一本发黄的《高陵文物志》里，第一次读到关于“杨氏三贤”的史料记载的。那时印象最深的是“杨氏三贤”中的那个“沉默谦冲”的儿子杨恭懿，他竟然还是那部元代《授时历》的编制者之一呢！那一刻我一下子生出一种骄傲！不禁重新开始审视我的家乡了。

杨氏三贤生活的时代是宋末元初。

他们的家在渭水北岸奉正塬上的陈杨村。高陵县城在奉正塬北麓，从高陵县城向东南，走G210国道，过泾惠九支渠，这里是奉正塬的第一个平台，当地人称“头道塬”，也叫张卜塬。

元代是一个让儒生伤心的时代。南宋郑思肖《心史》里记载元代社会中有严格的等级：“一官，二吏，三僧，四道，五医，六工，七猎，八娼，九儒，十丐。”尽管这是一种儒生的自我调侃，但读书人在当时的处境可见一斑。

杨天德是南宋嘉定十一年（1218）考取进士，后官至转运司度支判官。他的为官经历伴随着宋末元初的战乱纷争，在他刚被任为博州聊城县令，还未到任，金人完颜氏便大举进犯关中、河南、四川一带。后任隆德（今宁夏六盘山区）县令时，又遭元军围困，他不顾个人安危，冒死完成请援的使命。解围后，他制定县规民约，恢复战争创伤，打击豪强恶霸，使县民得以安居。任安北（今内蒙古巴彦淖尔市东南部）县令时，庆阳被围，因他秉公忠勤，被委以抗敌主帅兼禄事，既镇抚军民，又兼理府事。由于敌军强大，守城拒敌竟历时一年，居民饿死殆尽。战事结束后，随即又奉命调进京师，他悲伤痛苦地说："既不能救民之死，又不能掩盖其尸骨而去，我不忍心呀！"因此他并不急于赴京城就任，而是继续留任一个多月，直到收葬完全部兵民尸骨。南宋亡后，他带着儿子回到高陵，回到渭河北岸那道高高的奉正塬上，复开渭上书院，从此立志办学。

我常想，是什么力量支撑着他将一肚子"无用"的学问传授于奉正塬上的后生子弟？在那个读书无用的时代，眼见得乡党朋友弄田做工，或官或吏，他却仍固执于《易》《礼》《春秋》，热衷"四书传讲"，让那个暴虐而粗糙的元代，存一丝宁静；让奉正塬上回响着孔孟之音，飘荡着阵阵书香，使关学一脉在杂草丛生的沼泽里隐隐流淌。

我想，他一定是一个固执的人，因为他吃的是憨厚的奉正塬上种的麦子；他一定是一个坚韧的人，因为他喝的是翻山越岭流经于此的泾流渭水；他更是一个儒雅的读书人，读孔孟，学诸子，他的精神一直在秦汉辞赋、唐宋诗文里涵养；他还是一个仁厚之人，因为他一直聆听的是横渠书院里传来的清朗书声。他勠力为那些战死的亡灵超度，竭尽所能为生民立命。他已把读书融进了生命的呼吸之中，在锄禾的间隙，教子孙乡党，体味并享受更丰盈、更充实、更明朗、更温暖的人生。的确，元代是中国历史上读书人最闲的时代，却也无意中成就了中国读书人最自在的模样！

杨天德最得意的学生就是他的儿子杨恭懿。这个俊朗聪明的后生，随父亲一起在战乱流离中长大，在金人攻城略地的厮杀声里寻觅世界的悲悯。在得到朱熹的《四书集注》时，杨恭懿高兴地说："人伦日用之常，天道性命之妙，皆萃此书矣。"从此，他反复揣摩研读，深感继承儒家学说使命之重大，并子承父业，走上了且学且教、且述且作的人生历程。尽管名闻遐迩，陕西地方官署多次召他入仕，但他都断然拒绝，矢志不移地坚持居家讲学。

我曾在一个春雨绵绵的日子，专程拜谒过这片原野。这里是奉正塬北麓的第一级平台。正是麦苗返青时节，斜风细雨中隐现着自然的勃勃生机。塬上人家密集，户户相连，一村一院都是典型的北方民居，高门大院，门额上常有“耕读传家”的匾额映入眼帘。遥想八百年前，这里的村巷里就有长袍书生出入，就有琅琅书声飘荡。在长街尽头，杨家清爽的庭院里，云槐婆娑，精舍素雅，须发斑白的杨老先生，乌发满头的小杨先生和未脱稚气的孙子杨寅，一家三代正手捧圣贤书，伴着乡党子孙朗声讲读，那是奉正塬多美的时光啊！

游牧文明以一时的强力进入中原的农耕文明后，却无法以强力让被征服者心悦诚服。为此元世祖开始网罗人才，开始礼贤下士，而声名远播的杨恭懿便进入了忽必烈的视野。第一次，忽必烈派遣耶律申敬上门召杨恭懿进京，杨恭懿却以病推辞，引起朝野轰动。至元十一年（1274），太子与丞相又遣郎中张元智致书杨恭懿入朝。面对一召再召，年过半百的杨恭懿实在不好再拒绝，方奉诏赴京。忽必烈亲自接见杨恭懿，并与他探讨许衡提出的“实行汉法”“崇文尊儒”

等建议，二人相谈甚欢，他也为世祖的诚意所感动。这是一次历史性会谈，一个笃信武力的帝王与一个沉静文弱的书生握手言和，这也意味着草原文明与农耕文明的大融合。正是这次会谈，大元改变了治国方略，授杨恭懿为集贤院学士（掌理秘书、图书等事），命他与徒单等人制定“科举之法”，为朝廷网罗人才。杨恭懿极力主张应“试以经义，论时务测”，从而匡正学风，以期务实致用。尽管这迈向儒汉文明的步子有些谨小慎微，却使华夏文脉得以赓续流传。杨恭懿去世后，有《潜斋遗稿》若干卷传世。大学者萧维斗为他撰写墓志铭，称其“继前贤而开后觉”；大学者姚燧为他撰写了神道碑铭，称其“西士山斗，学者宗之”。

杨寅是杨恭懿的长子，也不负祖父辈期望，聪颖悟达，精通六经、百司之学。他的为官经历堪称关学精神的教科书。初任周至县尹，虽时间不长，却明察秋毫，草除弊政。他经常上书治世之良策，任江南行台御史和监察御史期间，发现江淮一带河滩之地多为豪强占种，于是上言按地征租；大德十年（1306），出任陕西汉中道肃政廉访司，后又任山东东西道肃政廉访司，所到之处，伸枉黜滥，风纪振扬，而那些贪官污吏莫不闻风丧胆；至治三年（1323），迁西蜀四川道宪使，进阶朝请大夫；泰定二年（1325），朝廷感念其老成持重，遂命为集贤学士，国子祭酒。

张卜塬的西南，是一片开阔平坦的田野，绿油油的麦田一望无际。这里曾是杨氏三贤的坟茔，杨天德居中，杨恭懿居左，杨寅居右，墓冢携子抱孙，呈品字分布，占地3000平方米。建制如此宏大，彼时之影响可见一斑。

这里也是那个传说中的秀才“白奉正”与泾河龙女相遇之地。尽管只是一个传说，但却是一个关于秀才的传说，这

样的传说给这道塬笼上了一层书卷之气。而杨氏三代的努力更使这股书卷之气又生出浓浓的庄严与正大！

我喜欢这种庄严与正大，我知道八百年前，杨天德先生安息在这里，他的儿子杨恭懿先生也安息在这里，他的孙子杨寅先生也安息在这里！他们曾行走在这道塬上，耕读在这道塬上，正是他们曾经的努力与坚持，使一个书香气息微弱的时代，在这道塬上涵养出了浩荡的“郁郁遗风”，也终于使关学在元代尚未失忆失语，为明代关学的复兴打下了基础，为华夏文明开启了新的旅程，并且开启了关学的重要支脉之一“高陵之学”的滥觞。

泾野云槐

穿过奉正塬一路向北，便进入到高陵的腹地。高陵的面积并不大，南至灞桥、未央，北至三原、阎良，东至临潼，西至泾阳，但却是地跨泾渭两河流域的中心地带，南濒渭水，北接泾流。尽管泾河冲出北仲山之后，穿越泾阳西南，至高陵西南汇入渭河，但两千二百六十四年前，引至仲山（张家山）西麓谷口（今泾阳县王桥镇船头村）的郑国渠的修建，却使高陵与泾水血脉相连。

郑国渠引泾水入渠，沿途接纳冶峪河、清水河、浊峪河、漆水、沮水等，东通洛河。渠成之后，“溉泽卤之地四万余顷，收皆亩一钟，于是关中为沃野，无凶年。”（《史记·河渠书》）

后来，汉代的白公渠，唐代的三白渠，宋代的丰利渠，元代的王御史渠，明代的广惠渠和通济渠，清代的龙洞渠，民国的泾惠渠，都是因袭郑国渠的遗迹修建的。至今高陵的原野上泾惠渠干渠、支渠经村过镇，环绕其间，渠水悠悠，古柳依依。所谓“长渠枯柳”已成了这里的一道风景。高陵人对泾河的亲近，是从流进田野里那汩汩清流开始的，是以旱涝保收的庄稼开始的，是从咥燃面开始的。

在这片泾水灌溉的原野上，1508 年，大明朝的正德年间，出了一个全国状元，这个状元从翰林编修做起，虽仕途坎坷，但终官至大明礼部右侍郎。他就是明代著名学者、教育家、关学的重要传承人吕柟，吕仲木。他给自己起了一个号，便是“泾野”。隋始科举，高陵曾涌现出：唐代于珪，大中三年（849）状元；于瓌，大中七年（853）状元，但其后近六百五十年间，又归为沉寂。直到 1508 年，大明王朝的正德三年，高陵老城东街宋家巷吕氏人家出了一个状元，他就是吕柟。六百五十年了，高陵终于又出了一个全国状元。对于黄土深厚、土地辽阔的这片泾流原野而言，无疑是令人振奋的。所以，从那时至今五百年来，在这方天地里，他也早已成为了一代代高陵人心中的传奇。

童年时，应对老师责问的“虫馊石狮子”的机敏；壮年时，与三原马理先生的“一曲流泾野（吕柟号泾野），二水灌溪田（马理号溪田）”的妙对；晚年时，忧心百姓的半副对联“田地仅两千顷奇而差赋若冠”，都成了高陵地方文化的趣闻雅事。

然而，我一直以为，他做得最伟大的事，不是赢得状元的荣光，也不是官至礼部右侍郎的荣耀，而是他坚持不懈、持之以恒的讲学。他如一个文化巨人，以一己之力，绾住了“杨氏父子”开创的“高陵之学”的余绪，吹响了明中期“关学”复兴的号角，成为明朝关学发展中承前启后的重要学者。

作为封建时代的读书人，吕柟和其他读书人一样，读书，入仕。然而，吕泾野的官却做得很不顺遂，从 29 岁中状元授翰林编修起，其间三起三落，而每一次起落都以他主动辞官开始。

辞官不做，回归田园，自从陶渊明“归去来兮”开始，这种现象在中国历代官场也屡见不鲜。但陶氏们的回归更多的是一种退缩与逃避，说穿了是清高单纯的知识分子无法适应现实社会的纷繁复杂，只好躲进自然，躲进田园，寻找自我麻醉而已。表面上，他们“种豆南山下”“悠然见南山”“把酒吟诗”“放浪形骸”似乎获得了一种无拘无束的自由，但实质上，他们的自由往往却是以放弃了读书人的社会担当来实现的。

鲁迅先生在《纪念刘和珍君》中写道：“真的猛士，敢于直面惨淡的人生，敢于正视淋漓的鲜血……”正是在这一点上吕柟的辞官与他们有天壤之别。一个民族的发展前进与知识分子阶层的胸襟与担当息息相关。尽管在历史的前进中知识精英们的作用不是唯一的，但他们在社会前进的进程中却也有着重要的引领作用。

我无意指责那些“放浪形骸”的人们，也非常同情他们“念天地之悠悠，独怆然而涕下”的悲伤，但我更敬重那些“为生民立命”的民族脊梁，敬重那些“退亦忧，进亦忧”的读书之人。

吕柟无疑是这样的人，他读书，然后入仕，但他的人生志向绝不仅仅是做官。如果仅为做官，他完全可以明哲保身，然后相安无事，全身而退。但他却一次又一次上书请命，碰钉子，得罪人。且看他的人生经历：29 岁中状元，授翰林编修；31 岁，上疏劝皇帝亲理政事，结怨宦官刘瑾，遂辞官；36 岁复职，又上书呈六事，并多次上书劝皇上举直措诸枉，皆不被采纳，于是便再次引疾而归；44 岁再次起复，他又以十三事自呈，表达“大礼未正，引为己罪”之意，实则批评明世宗违背礼制，再次触犯龙威，被下狱，后被贬为解州判官。读这一段历史时，我很是为吕柟着急。没事找事，屡战屡败，何苦呢！可他就那么干了！用陕西话讲，“这人就是个犟怂！”但很快我又释然了！因为吕柟是关中人，是关中渭北岸边的高陵人，是个生、蹭、冷、倔咥燃面长大的“高陵大 sa”。

在这片土地上，有奉正塬上杨氏父子的高陵之学，常闻滋水岸边白鹿原上《吕氏乡约》的袅袅之音。

在这片土地上，读书人读到的是“为天地之心，为生民立命，为往圣继绝学，为万世开太平”的圣贤之志；学到的是躬行实践、绝不空谈的行事之风。

在吕柟被贬解州时，因知州死，他被命代行州事。他兴利除弊，推行《吕氏乡约》《文公家礼》，抚鳏寡，恤孤独，减丁役，劝农桑，兴水利，筑堤护盐池。在解州仅三年，就因政绩卓著，升任南京吏部考功郎中。临行时，“士民千数，哭送至黄河岸边。”吕柟渡过黄河，犹闻对岸哭声噫呜。他感激万分，情不自禁，乃口占一绝：“试听黄河东岸哭，为官何必要封侯。”的确，这样的为官荣光自古及今能有几人呢？

所以，对吕柟而言，每一次辞官都使他走向更为广阔的人生。因为做官从来只是他实现人生大志的通道之一。当官场暗无天日，阻碍他无法施展时，他绝不苟且，他会转身而去，寻找其他路径。作为一个学者，这条路就是开馆授徒，弘扬先贤思想以使更优秀的学子继续其未竟之志。横渠张载这么做了，奉正塬杨氏三代这么做了，吕柟当然也这么做！

史载，他第一次辞官后，就在家乡营造了东郭别墅，每日聚徒讲学其间，四方学者慕名而云集。别墅容纳不下，随即又筑东林书屋，讲学的规模和影响越来越大，“几与阳明氏中分其盛，一时笃行好学之士多出其门”。

这是一种至今让人想起来也不可思议的景象。吕柟是高陵老城宋家巷人氏。那条巷子至今仍在，长不足 400 米，宽不足 5 米。四百多年前，这里因一个青年学者的存在而声名远播，这个叫吕泾野的状元郎，才做了两年官就辞官回家，回到这条窄巷，没有颓废，反而满脸豪气。他一回家便盖书馆，收学生，聚徒授之。那些负笈而来的学子们，如饥似渴，悉心聆听，小小巷子摩肩接踵，门庭若市，年轻的吕泾野意气风发，妙语连珠，思接千载，四方学子莫不如沐春风，如饮甘霖！以至庭院难以承载其拥挤，又另筑东林书屋。那是这座从公元前350年秦孝公置县，至明1510年，凡一千八百六十年的渭北老县城——高陵最荣耀的时光呢！

我有时也想，那些四方学子之所以对吕泾野趋之若鹜，无非是冲着他状元郎的名头吧！的确，这一定是其中重要的因素。也许在世俗人眼里彼时的东林书屋就是今天的“五大名校”而已，但今天的名校中有几个“吕柟”呢？今天的名师们大多只是学生们眼中的“题海圣手”而已！而五百年前的吕泾野，却为中国近代思想文化史留下了宝贵的财富。他一生著述宏富，有《周易说翼》《尚书说要》《毛诗说序》《礼问内外篇》《春秋说志》《四书因问》《史约》《小学释》《宋四子抄释》《寒暑经图解》《史馆献纳》《南省奏藁》《泾野诗文集》《泾野子内篇》《泾野集》《陕西通志》《高陵县志》等。

正如《明史》所云：“（柟）仕三十余年，家无长物，终身未尝有惰容。时天下言学者，不归王守仁，则归湛若水，独守程、朱不变者，惟柟与罗钦顺云。”他去世时，葬仪盛况空前。据《明史》记载，在安葬时，“皇上辍朝一日，赐祭葬，高陵人为罢市者三日，解梁及四方学者闻之，皆设位，持心丧。”四方学子跟着这样的人去学习，拜这样伟大的思想家为师，实在是我们华夏族人之福呢！

如今，在高陵老城里，宋家巷还在，在这个小巷之北，曾经的吕氏家庙和菜园所在地，盖起了这座县城里最早的两所现代学校。一所是高陵区城关小学，在校生最多时达 3000 人；另一所是城关中学（鹿苑镇中学），学生也在 1000 人左右。每日里，稚童少年在薄明的晨光中走进巷子，因为巷窄学生多，政府在巷口设置了护栏。于是，那些飞驰的汽车便也生生被挡在了巷子之外，连同拦挡的还有马达的喧嚣和尾气的尘烟。于是这条巷子成了小城最安静的所在，除了树枝间的鸟雀鸣叫，听到最多的依旧是琅琅的书声。盛夏时节，道旁的青槐根深叶茂，遮天蔽日，为小巷洒下浓浓荫凉。

我一直对青槐情有独钟，它幼苗时通体青葱，枝条柔长，树叶娇嫩，生机勃勃；长大后主干粗壮，树冠高大，枝条舒展，叶片细密。春天绿意葱茏，夏季浓荫一地，秋季落叶飘飘，冬季疏枝俊逸。我尤喜冬风中的青槐。

小时候，我家东隔壁的场院里就有一棵大青槐，印象最深的是冬天有月亮的晚上，在一场一场的北风里，树叶已落尽的大青槐独自站在冬夜里，月亮的清辉透过细密的枝条洒在场院里，在地面映出无数斑驳的影子，那伸向墨色天幕里的一根根枝条，毫无遮拦地迎接着寒冬里刺骨的风霜，大青槐粗壮庞大的身影，如平地突起的一座山，在黯黑的夜里，肃穆得让人心惊。因为它的浓密与高大，人们常常把它植于道路两侧。于是，在盛夏时节，一棵树一片浓荫，一棵树一片浓荫，走在这连片的浓荫里好不惬意。

其实自古及今，青槐早已进入中国文化符号序列，从“鉏麑（chú ní）触槐”，到“槐棘”“槐鼎”；从“槐之言怀也，怀来人于此，欲与之谋”到“槐花黄，举子忙”。青槐已然有了别样的意味。吕柟在中状元之前，就在县城东门外的“云槐精舍”开馆授徒。此地原为一座古寺，位置在县城距河门（今东门）外。据载，在精舍门前，有一千年古槐，翠影参差，根盘枝屈，宛若虬龙。院后有一巨大湫池，绿树环绕，芦苇丛生，鸟翔虫鸣，碧波荡漾，加之曲径通幽，书声琅琅，曾是高陵有名的景观之一。

泾野先生曾作《云槐夏霁》诗云：

夜雨云槐霁，南风夏阁幽。

郊钟省午梦，野日归西楼。

绕树鸲鹏捷，行沙白鹭道。

葵花开满径，聊足慰观游。

而晚年的吕柟告老还乡之后，第一件事就是建书院传道、授业、解惑。这个书院名“景槐书院”。从云槐到景槐，青槐已深深种进了先贤们的心中。

五百年了，虽然物是人非，斗转星移，老县城已扩大，一切似乎都在改变，但未改变的是道旁的青槐。今天的人们仍然喜欢栽植青槐。老城的大街小巷总被青槐的浓密覆盖。

我特别喜欢走在这样的街上，在下班之后，忙碌之余，日过午后，夕阳西下，我常会一个人穿过南新街的车水马龙，走过东方红路的热闹喧嚣，然后走进县门街，走进东关巷，走进西街，走进宋家巷，在这些被青槐守护的街巷徜徉，什么也不干，就这样慢慢地走。这里不是县城的主干道，人少，车少，适合发呆，更适合胡思乱想。看一户户人家的高门大院，赏高高的门楣上古朴的门额，还有爬满紫荆和爬山虎的院墙。我知道这曾是泾野先生走过的街巷，曾是四方学子景仰的所在，是他们与状元吕柟泾野先生一起激扬文字、心忧天下的地方。每想到此，一种自豪总会油然而生。

五百年，对历史老人而言并不短暂，其间的风霜雨雪常会轻易地侵蚀一切，腐朽一切。我记起明嘉靖版《高陵县志》记载吕柟瞻拜杨恭懿墓时的一首诗：

熏风晓过诗前屯，
好雨初收禾发根。
瞻前斯文空伫立，
独留双柏在寺门。

那时的泾野先生似也有一种“斯文空伫立”的孤独呢！

然而，五百年风雨之后，我仍看见，在辽阔的泾流原野之上，一棵傲岸的云槐根深叶茂！

晨星熹微

鸡叫第二遍时，先生就准时醒来了。

点亮马灯，穿衣，下床，穿好鞋，最后抓起枕边叠放整齐的黑色腰带，往腰里一扎，再勒一勒，先生说勒紧腰带就提起了全身的精气神。然后一手提着马灯，一手拿起靠在大门后的大扫帚，走出家门。正是四更时分，四周黯黑，他的马灯光就显得很亮。他把灯放在门前的石狮子头上，开始扫街。先生家门前这条街叫盐店巷，是高陵县城西的一条巷子，南北走向，长约一里。先生的家坐西向东，位于盐店巷的偏北处。先生从北而南，由南至北，用一个来回扫完整条街，然后回屋洗漱。此时，鸡叫三遍，东天微明，而他已开始了每日的晨读。

先生何许人也？先生乃白遇道者，清末民初著名学者，关中书院山长。自从 75 岁告老还乡，每日坚持早起扫街。在此之前，他是董参赞营务，是甘凉兵备道，从二品布政使，是甘肃提刑按察使，是巩秦阶道盐运使。这是一百多年前的情景了，那时的“从二品”相当于今天的一个副省长呢！然而他退休归家之后，竟每天黎明即起，按时扫街。

我是在一百八十年后，听他的后人——玄孙女白家卉女士讲述她家太老爷每日起居时，听到的这个细节。白女士笑言，这是太老爷传给他们后人的长寿秘诀呢！然而，我却总想起那盏在漆黑的市街亮起的马灯，我仿佛听见那灯芯“嗞嗞”的燃烧声，那在凌晨的风里摇曳的灯光，让街口的牌楼，路边的青槐，乡党邻人的院落，青砖灰瓦，翘角檐头，都漫浸在一种朦朦胧胧的光影之中，在万籁俱寂的老城街上，只听得那“唰唰”有力的扫地声在四周回荡。从 1911 年，他 75 岁时，某个凌晨开始，春夏秋冬鲜有更改。是什么让他如此执着，如此一往无前呢？难道他仅仅是为了长命百岁吗？要知道，他在 70 岁时就给自己“预营坟圹”，光墓志铭就写了三次。他并不是一个贪生之人呢！

第一次知道白遇道的名字是二十年前，从一个旧书摊上的一本《高陵文史资料》看到的。一个被写进地方史志的人肯定不一般，我便多看了几眼，于是得知他是清版《高陵县续志》的作者。我知道明版《高陵县志》的作者是吕柟，他是明朝正德年间的状元，今天高陵东关人，是张载关学流派的重要后继者之一。关学在金元时期有杨涣的“户县之学”，有杨天德、杨恭懿、杨寅子孙三代的“高陵之学”。到了明代，有名的学者就有高陵的吕柟，长安的冯从吾，大荔的韩邦奇，三原的马理，泾阳的王徵，周至的李颙，户县的王心敬，华阴的王宏撰等。

尽管在那本发黄破旧的《高陵文史资料》里，关于白遇道及其《高陵县续志》只有短短几百字的记录，但我却记住了这个名字。只是这个名字那时还有些古纸堆的老旧气息，遥远得有些模糊。

直到与他的小楷手札不期而遇。《悟斋文墨》是高陵区政协 2017 年出的一本白遇道诗文影印本。

我第一次翻开它时一下子惊住了。满眼飘逸的小楷惊艳了我的眼睛。单单看他的字体，简直华美得令人窒息。那是一种多么自在的舞蹈啊！笔墨线条之间轻与重，缓与急，虚与实，从容而出，迤逦而行，点画捻转，疾徐有致，行云流水，秀丽多姿。既儒雅淡定，又筋骨潇潇，更淡泊清逸。一瞬间，白遇道仿佛一下子复活了，而且是一个从遥远的时空穿越而

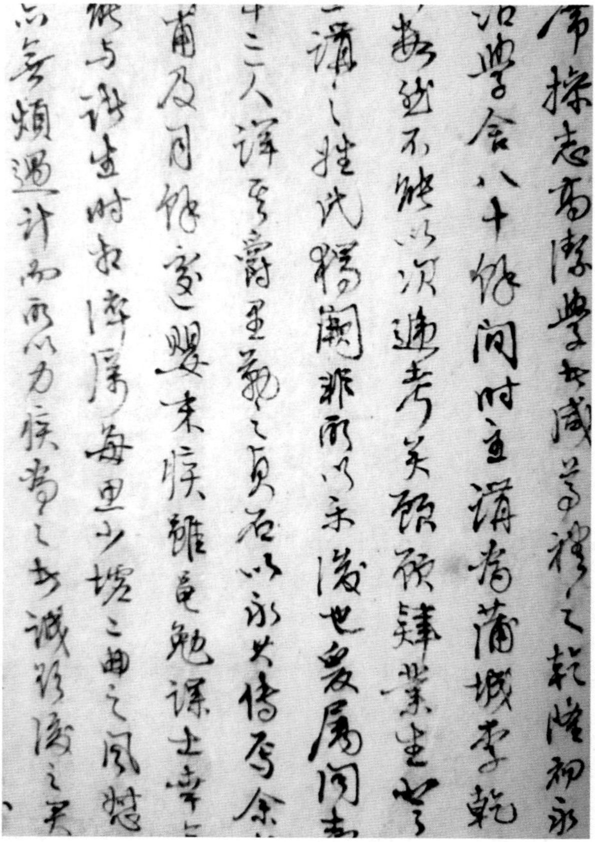

来的白衣秀士。我被这一页页手札深深迷住了。这个白遇道是一个怎样的人呢？我一直坚信字如其人之说，能写出一手好字之人一定不是等闲之辈。说来真惭愧，我对先生的认知，竟这样偶然地发生于他遗落在后人手中的发黄的手札文墨之上。感谢张新龙先生和白金刚先生，他们不遗余力地搜集整理，让我们终于看见一个晚清学者清晰的面容。

尤其当我听白女士讲述她太老爷的故事时，那个写一手华美行楷，扎黑腰带，每日四更即起，提灯扫街的白须老叟一下子搅动了我的心神。

我在高陵城已住了二十年了，每日上班下班，盐店巷是我必走的一条街，这个街名俗得不能再俗了。它满足着我的一日三餐，柴米油盐酱醋茶。却从未想到一百多年前，或者准确地说是一百零七年前，在这条巷子里，竟隐居着一位大学者和教育家。他坚守着“黎明即起，洒扫庭除”的古训，做着一个名副其实的“扫地僧”。他读书，著书，讲学，扫地，一丝不苟。这个晚清的从二品官员，以自己充满传奇的人生，成为吕柟去世三百年后，关学流脉之一的“高陵之学”在晚清时期的重要复起者之一。

白遇道出生于1836年，1926年去世，享年90岁。作为一个旧时的读书人，他的人生依然循着入仕做官之路前行，和别人没什么两样。38岁考取进士，既不早，也不晚，皆属正常，但他56岁之前的官一直做得磕磕绊绊。从41岁授编修三甲庶吉士开始，仅过两年，因其父病逝而回家丁忧，直至48岁，才被起复供职翰林院。51岁又因母去世而归家丁忧，直至59岁，甘肃提督董福祥进军青海，荣禄推荐先生为董参赞营务，运筹决策。之后，他的仕途才顺遂起来，至75岁告老还乡。这样的为官履历也着实令人唏嘘。读书做官，光耀祖庭，这是中国封建时代读书人重要的甚至是唯一的人生理想。为此，历代读书人皓首穷经，悬梁刺股，青灯孤影在所不辞。而一旦做官，一定是官越大越好。从古到今，为做大官而费尽心机者，甚至打破脑袋，付出生命的也不在少数。然而，先生为官却似乎很“不识时务”。

清光绪十年（1884），先生结束为父丁忧，起复回京，仍供职翰林院。时阎敬铭已入军机处，拜为大学士。阎敬铭是何方人士呢？他是今陕西省大荔县朝邑镇人，大荔与高陵同为渭北诸县之一，两地相距不过百公里。这是多少人求之不得的优质的人脉关系呢！直到今天“我爸是李刚”仍甚嚣尘上呢，但先生除逢年过节与阎大人相聚于京城的陕西会馆外，平时竟从未涉足其门。而阎敬铭也和他同一脾气，两位乡党竟疏于往来，久而久之，被京中同乡称为“二犟”。我是在读《白遇道年谱》时读到这一记载的。当时真是有些疑惑，这两个陕西籍官员何以性情如此相似？莫非真如俗话所说，一方水土养一方之人吗？

的确，大荔和高陵，同在渭北平原，同喝泾流渭水，同吃油泼辣子 biang biang 面，同操刚正的秦腔，更为重要的是他们从读书那天起听到的就是“为天地立心，为生民立命，为往圣继绝学，为万世开太平”的师训。在这样弥漫着浩然之气的天地里，焉能不养成同样的性情呢！尤其是阎先生的这个渭北乡党，还是个“执拗”的“高陵大 sa”，是个从小就躬耕奉正塬上，放歌泾渭水边，听杨氏三贤传奇，读泾野先生著作的高陵才俊！

尽管官做得磕磕绊绊，人却活得坦坦荡荡，直到花甲之年。人生至花甲，一般来讲即已到含饴弄孙、安享晚年之时，但白先生却迎来了人生最大的转折。他磕绊的仕途却在这个生命节点开始顺畅起来，并迈上了一个更高的平台。从此携文从武，直做到甘凉兵备道。

从 60 岁开始，直到 75 岁告老还乡，他的为官之地都在甘肃。在这里，71 岁时，先生以中方签字人之一的身份，参与了中国近代史上第一桩中外经济合作完成的巨大工程——兰州黄河大铁桥的建造。72 岁时，先生任甘肃督练公所参议，陆军部一等咨议官，调署巩秦阶道盐运使，甘凉兵备道。当此时矣，白先生应是官运财运皆通，尤其是任巩秦阶道盐运使之职。

先秦歌谣，《六韬引谚》中言："天下熙熙，皆为利来；天下攘攘，皆为利往。"古往今来，在人类的历史长河中，逐利之欲似乎已成人类前行的内驱力，特别是在今天，言必谈利几乎已天经地义，金钱的魅力让人类在每一个历史的发展阶段都有精彩表演。在漫长的中国封建社会，一个人读书的第一个动力就是"书中自有黄金屋"。升官即为发财，而在官场之中总有一些所谓肥缺，使那些为官之人趋之若鹜。

盐运使，便是这样的一种官职。皇帝甚至把这类官职用来对他勤恳忠诚的下属进行一种心照不宣的奖励，以使这些勤俭的官员在解甲归田后能有一些优渥的家资。白遇道先生是 72 岁时调任此职的。显然这个官职的获得，在朝廷也有其明显的“心照不宣”之意。然而，我们的白遇道先生犟劲又来了，恰恰在接到调署“巩秦阶道盐运使”时，即“挂靴而去”。从“调令”下达之日起，他竟转身“归去来兮”了。这一年是 20 世纪的第九个年头，1908 年。

那是一个寻常的日子，山上的花儿正在抱蕾，道边白杨开始泛绿，远处的山尖上一朵朵白云静静地飘浮在蓝天下，在山川沟岔投下巨大的影子。关陇道上一个须发斑白的老者赶着一辆驴车，悠悠前行，一路向东。老者面容清癯，双目安详，一身玄衣，腰扎一条黑色腰带，驴车上放着简单的行李。这位老者就是白遇道。这是百年后作为先生的乡党后学的我，一个美好的想象。我喜欢这个想象，我想让他的“归来之旅”从明媚的春日启程，一路鲜花盛开，一路绿荫婆娑，虽山高水长，又柳暗花明，甚至恨不得让今日之高铁提前至百年以前，好让这位古稀老人减少旅途劳顿。当然，尽管这是我的想象，却并未掩盖故事的真实性。它的来源是一百年后，高陵的后学者在收集研究先生生平资料时偶然听到的。

20 世纪 90 年代，一个文物收藏家偶尔发现一副署名白遇道的对联，持有者是甘肃省庄浪县的一户行医人家。据这户人家的主人说，这副对联是他祖上传下来的。有一年，一个老头赶着驴车到了庄浪，结果病了。这个老头在庄浪的朋友就把他送到诊所治病。诊所的医生就是他的祖父。他的祖父给老头把病治好后，老头很感激，就写了这副对联送给他祖父。老头说他要回陕西高陵，还有很长的路要赶。

古时的巩秦阶道隶属今天甘肃省天水市所辖范围。我特意查了一下地图，从天水到高陵有500多公里，若过庄浪县，先生一定走的是天水—庄浪—华亭—陇县—千阳—扶风—乾县—泾阳—三原—高陵一线，这是那时从甘肃入陕的唯一一条古道。这条路几乎一多半是崎岖的山路。准确地说，从天水至千阳有近400公里的山路，直到出了陇山，进入关中，道路才开始平坦起来。

一百多年前，人们出行主要以马车为主。也就在前一年，先生参与修建兰州黄河大铁桥时，合作的外资方德国把建桥所需的一切建筑材料，包括一根铁钉子悉数海运至天津码头，但从天津如何运至兰州？据史料记载：“建桥材料海运至天津，经京奉铁路运至北京，再经京汉铁路运至河南郑州，而从河南至兰州当时没有铁路，也没有像样的公路，这些东西最后是用马车分 36 批，翻山越岭，历经艰辛，取道西安，转运至兰州。”其间历时两年之久，光累死的骡马就不在少数，甚至还发生过车翻人亡之事，其艰险可见。

那时的马拉车应都是木轮子，这种木轮车即使飞驰起来又能有多快呢？一位古稀老人，孤身一人，赶着驴车行走千里之遥，即使放在今天也应是壮举了！从天水往北，过庄浪，至华亭，到千阳，这里是甘陇山地，最高海拔达 3000 米以上，最低处海拔也在 700 米。2014 年我曾经华亭去平凉，汽车

在这一带的山地穿行，只见山势崚嶒，危岩高耸，河谷深邃，道路屈曲，林木茂密，鸟雀翻飞，常行百里少见行人。想那百年之前，路无今日之宽敞，道无今日之平坦，更无今日之汽车，只一辆驴车，一位老人，没有陪伴，没有随从，在逼仄的山间峡谷行走。他到底是春天出发，还是夏日启程，或者是秋冬之日返乡，斯人已去，无从考证，也无须考证。因为转身离去，对他而言势在必行。他是一位扎着玄色腰带的高大威武的老秦人（白女士曾描述过她太老爷，身高一米八以上），是一个虽愈花甲，却仍西出甘陇从军行的渭北汉子。一路之上，车辚辚兮风萧萧，慨然又坦然。然而，他车上拉的最多的却是笔墨纸砚和一摞摞的线装书。因为他其实更是一个地道的渭北高陵读书人！他有满腹的锦绣文章，还有一腔的浩然正气。他决绝而果断地转身离去，就是怕那浓郁肥甘的盐运使的滋味，掩盖了他一生濡养的笔墨纸砚的淡雅清香。于是，哪怕千难万险，顶风冒雨，一路坎坷也在所不惜！

三年后，75 岁的先生正式退休。

同做官比起来，先生一生做得最久最长的一件事是教书。从 44 岁为父丁忧开始，先后主讲景槐书院、丰登书院、同州书院、关中书院。在关中书院，他最得意的门生就是蓝田牛兆濂。牛兆濂，号蓝川，关中大儒，后被先生推荐为白水彭衙书院山长，再后来成为清末民初关学传承的重要人物，民间人称牛才子。及至奉调从军，备兵甘陇，先生仍循例课雍凉、天梯两书院。无论仕途兴衰，讲学始终贯穿着他的一生，也是他生命中最日常的样子，像杨恭懿一样，像吕柟一样。

除了教书，他还著书。在他45岁时完成了《高陵县续志》的编写。此志“在运用资料方面均标示出处，文笔洗练，实不让前贤”。同年重刻《泾野子内篇》，书成刊印。46岁，清光绪八年（1882），《课馆诗赋偶存》刊成；65岁，开始收集编写《摩兜坚斋汲古集联五续》；66岁，文集《安贫改过斋杂著》刊成；81岁，完成《完谷山房寱语抄存》上、中、下共三册。

先生辞官回乡后，每日不辍，坚持不懈去做的还有一件事，那就是扫街。每天四更即起，穿戴整齐，扎紧腰带，一手提着马灯，一手拿着扫帚，走出院门开始扫街。

一个耄耋之年的老人，早晨起来扫扫地，扫自己的屋子，扫自家庭院，扫自己门前，都无可厚非，然而，他扛起扫帚扫的却是南北长近一里的盐店巷。当然，即便如此，扫一回半回也行，但这位老人却整整扫了十五个年头，直到生命终结。显然，扫地已成了他晚年重要的生命存在方式了。这让我不得不认真审视他的“扫街”之举。据先生后人讲，老人每扫街前，必先扎紧黑色腰带，说扎紧了腰带就提起了精气神。然而，对于一个曾官居高位的封建时代读书人而言，日日持帚扫街，并非易事。以我辈之庸见，他需过的最大关口是“面子关”。中国几千年的等级文化，几千年的官本位文化，即便告老还乡，也一定是衣锦还乡，威风八面。更何况中国民间对“扫街”这个行为的认知，一直定位在“惩处”的层面。然而，遇道先生却做得很彻底，他不仅不炫自己的荣耀，相反他让自己低至尘埃以下，像盐店巷其他百姓一样，甚至比他们更甚，他们无非是各扫门前雪，而先生却去扫所有人家的门前雪。先生曾在45岁为父丁忧期间重刻刊印吕柟的《泾野子内篇》，在重刻的序言里他写道：

……盖以士之为学，不安贫则欲不清，不改过则义不徙，不笃志则见异思迁，不力行则空言无补。而不道中庸则又必涉于偏倚，流于隐怪也。

在这篇短短的序言里，遇道先生对关学之“安贫，改过，笃志，力行”的为学之方给予了深刻的阐释。显然作为一个读书人他不仅这样说，更是如此去做的。在他眼里，读书人须清心寡欲，应时刻三省吾身，应有坚定的意志，更应躬身力行。因此，与其说，扫街是他坚守着“黎明即起，洒扫庭除”的古训；不如说，他以此让自己时刻保持住了一个读书人的精气神。此时的扫街对他而言已然有了一种“安贫思过”的意味。我忽然想起他的那个斋号“安贫改过斋”，还有那部文集《安贫改过斋杂著》，虽说这时的反省还只是在纸面上。到辞官之后，他选择了一种更实在的方式——“扫街”来作为自己安贫改过的方式。扫街，这真的是一个奇妙的载体，先生躬身力行，就这样一日一日地扫下去，扫去了世人的惊讶，扫去了世俗的浮躁。

在这一日一日的清扫中，隔壁乡党不再冷若冰霜，世情民意也走进他心系苍生的家国情怀。

在这一日一日的清扫中，他更感受到了“民胞”的温暖，和“物与”平等的天道本性。

正是在这一日一日的清扫中，他让自己成为与大家一样的“民”。先生曾自撰墓志铭曰：“……山人少而儒，壮而官，老而民。”细究起来，他的这种“为民”的心态，已经脱去了旧读书人的优越感而具备了新时代“人人平等”的色彩。他是自觉地“为民”，在一下一下扫街的时候，他的内心已然与民同一矣，如巷子里的乡党“一样”。为了这个“一样”，他日日“笃志力行”。他如此看重这个“民”的身份，不惜以“扫街”之名昭示之。用今天的话讲，他不惜“自黑”自己，而使自己走向更“真”的境界。这是一个艰难的思想转变过程，但他显然努力在做。

他所处的时代是一个发生了洋务运动、戊戌变法、八国联军入北京、火烧圆明园、辛亥革命、五四运动的时代，冥冥之中，他已经感觉到旧的时代正不可遏止地逝去，时代洪流正滚滚向前，一个新的时代已经到来。尤其到先生的晚年，清廷已散，民国初起，时局动荡，他虽以清遗民自许，但他更是一个洞察时事的思想家与学者。他既未如王国维般逆流而上，以命殉道；也未像张勋之流固执复辟；而是遵循天道，顺势而为，勘破生死，预营墓穴，自为志铭，以关中秦人的执着与反省，走着一条关中学人独特之路。

盐店巷还在，只是白家老宅已不复存在。夏日的一个早上，我和先生的后人——玄孙女白家卉女士站在曾经的白家老宅所在的地方，如今已是一栋栋商品楼的盐店巷口，听着她给我讲述她高祖的故事。正是一年中最热的时节，盐店巷的大青槐浓密茂盛，我们就站在槐荫下。白女士也已是古稀之人了，但精神矍铄，热情洋溢。她说过去站在白家老宅的大门口一眼可见三座牌楼，草市东街口一座，县门街一座，盐店巷北口一座，如今啥也没有了。在白家一直放着一个兰花胖肚瓷坛，她说太老爷为官巡视民间时曾得一偏方，治瘟疫很灵验。辞官为民之后，为救济贫苦百姓无药之难，每年就按方配制药散，放在这个兰花胖肚瓷坛里，凡是患此病的就由家人送一服。后因年年配药抄方子费事，干脆把方子刻在一块木板上。每到坛子里药快发完了，就用墨往木板上涂匀，纸往上一拓，便印出药方，送到药铺配齐，后人也就依法炮制。这个故事是我的意外收获，随着白女士的讲述，我仿佛看见一位慈眉善目的老人，站在大门边正微笑着看着我们。在这凉薄的人世间，一股浓浓的温情直抵人心。这又是老秦人的厚道与仁义了！

我能想象一百八十多年前，这条巷子的风貌，担浆买水者流，卖菜卖肉者流，那是真正的世俗繁华呀！

尤其在20世纪的第二个十年里，这条街总是干干净净、清清爽爽的，舒展着。因一位耄耋老人每日坚持不懈地清扫，好有福呢！

清代张骥在《关学宗传》自序中追问“茫茫绝绪，继续何人”时说：“所闻则有高陵白悟斋、蓝田牛梦周，恪守西麓之传，皆关学之晨星硕果。”曹冷泉先生1945年编著的《陕西近代人物小志》中，关学部分收录了清麓学派，其代表人物有贺瑞麟、白遇道、牛兆濂等。书中对白遇道的记述如下：“先生高陵人，清翰林，官甘凉兵备道。清室既屋，解组归高陵，年七十自营生圹，九十始归道山。先生风度伟岸，而胸怀坦夷，为清麓门下高足。”

又一个黎明到来了，我看到了东方天际晨星熹微！

渭水秋风

秋天到了。

这是四季当中最特别的一个季节。天气似凉又暖，尤其在北方，因为昼夜温差所致，各类植物的色彩开始变得丰富起来。眼前常常会被一树金黄，或一树火红惊到，但更多的是落叶，在一场一场的秋风里飘然而下，直到所有的树木变得光秃秃的。从初秋的繁茂到晚秋的萧索，秋天让人处处体验着那种盛极而衰的感觉。自然轮回至此，万物在成熟，也在凋落；大地在收获，也开始又一次走向荒寂。

我不喜欢这个季节。因为没有哪个季节能像秋天这样，让我一面感受着生的繁盛，又一面感受着死的忧伤；一面在收获中喜悦，又一面在衰败中悲戚。秋的微寒在每一个晨曦初露之时，每一个落日余晖之际，都轻轻刺激着你，提醒着你，“天凉好个秋”，出门要加衣！乍暖还寒，起伏不定的气温让你防不胜防。大地赤裸在天空下面，日渐到来的寒冷正干瘪着她的肌肤与血脉，剥蚀着大自然从春至夏积蓄的生机。那蓝天下浓烈的金黄和如血的火红展示出的，却是一个生命最后的风景！无论你辉煌如胡杨，宁静如银杏，都终将在无情的秋风中落叶簌簌，最后死于酷寒的冬季。时序的更替，常常以生命流逝的面目出现。这是个让人忧伤的季节！

明清时，中国各地府县流行给自己所辖之地冠以“八景”“四景”之名。我的故乡高陵也有八景之说：云槐精舍、隆昌夜月、鹿苑碧绕、渭水秋风、泾渭分明、长渠枯柳、渭桥古渡、孤塔穿云。而在这八大景观里“渭水秋风”是唯一一个令我伤感的自然景观。

渭河流经高陵其实只有 18 公里，沿着高陵区域之南，依着高耸的奉正塬缓缓东去。这里不是高山峻岭，河流至此，不会惊涛拍岸，卷起千堆雪；这里是一马平川，河流其上寂静无声。在我成长的记忆中，根本就不知道它的存在，因为我居住的小村庄在县境的西北端，那里田野连片，水渠纵横，就是没有河。从那里去到渭河，得走四十里。在出行还是靠双脚行走的年代，这个距离之远，已足以使这个距离之外的地方，成为我那时世界的远方了。然而，高陵地方文献的记载却清晰地将其列为一景。

很长时间里我都在想，是一个什么样的人，在一种什么样的心境里，或在什么样的情境下，为高陵渭河两岸的风光取了一个这样的名字？是什么样的情愫激发，让他将寻常的河流与秋风连接，生造出了一个如此不同寻常的山水意境？

为此我查阅了好多资料，起初我轻率地认为，这无非是一种附庸风雅的无病呻吟而已。因为我读过贾岛《忆江上吴处士》“秋风生渭水，落叶满长安”的诗句。我想，那一定是某个文艺青年的故作清高之举。直到多年以后，当我读了很多书，经过很多事，两鬓开始霜染之后，我渐渐觉出我的肤浅与庸俗。我竟一次次开始回望我小小的故乡，而那位于故乡南部的“渭水秋风”之景也走进了我生命的深处。

就是家乡这条渭河，从青春到中年，50 岁之后，我看它的频率更加频繁，尤其当秋风骤起时。坐在它的身边，和它对视，悠悠渭水，悄然东逝，并不汹涌的河水，曲折高耸的河岸，那些稀疏的蒿草和一丛一丛的芦苇去往远处天际。河边的天也与众不同，云是大朵大朵的。尤其在秋季，河水寒冷细瘦成了一条线，那满川乱石，大如斗，小如卵，面目各异地横陈于蓝天之下。裸露的河床更像一个健壮的处子，裸露出自己强壮的肌肤和筋脉，铺展在高高的湛蓝的秋的天空之下，在秋风的冷眼里坦坦荡荡，任其吹刮。在这幅秋景图里，我看到生命的大美，也听到这大美的叹息。这是生命的悲壮与忧伤！忽然想起李白的“相看两不厌，只有敬亭山”，我则是“相看两不厌，只有泾渭水”了。

而恰恰正是秋的悲壮和忧伤打动了我！

我一直以为，人类只有在忧伤时才是动人的，而悲壮更是人类精神美学的专利。由于自我局限的存在，人总在一种自大与自卑中矛盾地生活着。某些时候，觉得自己无所不能；某些时候，又觉得自己特别无能。而生活琐碎又让你不得不披荆斩棘，奋勇向前。这是生活的真相，每一个生活其中的人概莫能外。就如四季轮回，自然的时序无人能够更改。没有哪个季节像秋天这样，让人对时光的流逝如此伤怀。

有人说，中国文化是“乐”文化，是“和”文化，因为中国人喜欢大团圆。中国人没有悲剧意识，这其实是误读，或是浅读。中国古典文学中有无数悲秋的作品。先秦时期，宋玉在他的《九辩》中第一句就是“悲哉，秋之为气也！萧瑟兮草木摇落而变衰。”北宋时，欧阳修在《秋声赋》中曰：“夫秋，刑官也，于时为阴；又兵象也，于行用金，是谓天地之义气，常以肃杀而为心。”而唐诗、宋词、元曲里悲秋之句更是举不胜举。这些浩如烟海的“秋词”里，映现着我们这个族群浓浓的伤感与悲壮。任谁敏感的心都会随着秋的凛冽而起伏颤动。真是人生未尝寒秋味，岂知风雨冷透心！

最早将“渭水秋风”列为高陵四景之一的是清时高陵教谕樊景颜。他也是雍正版《高陵县续志》的作者。关于他的史料很少，只知道他写这部志用了整整十五年，从康熙五十六年（1717）至雍正十年（1732）。

据马力勇主编的《高陵史话》记载：

……康熙五十六年（1717），熊士伯任高陵知县，为修举正教，重辑县志。遂命县学官樊景颜备员采访，遍搜断碑残碣，博访遗老藏书，汇总无疑，差有就绪。

……然由于经费困难，终未成书。

雍正九年（1731），丁应松任高陵知县。当时，朝廷命各省纂修通志。适逢樊氏前来拜见丁应松，并出示志稿。樊氏访订之稿，条分缕析，斑斑俱在。

……于雍正十年（1732）付诸刻板。

全书共十卷，……九万多字。其征材宏博，条理秩如，记述简洁，事例核洽，堪为诚实录和一邑之全览。

一部地方志，一个读书人，写作十五年，其间他目睹几任县令前赴后继，为地方文化建设殚精竭虑，鞠躬尽瘁，当“志书”付诸刻板之时，他会是一种什么心情呢？

他有一首以《渭水秋风》为题的诗：

渭阳渡口夕阳舟，
雁影横空月影芦。
最是双飞花满地，
枫林叶落水悠悠。

夕阳，渡口，雁影，落叶，一任秋风吹彻，天地落寞，流水悠悠。这个自吕柟之后，在白遇道之前，这一段高陵历史的唯一整理人，在一往无前的自然轮回面前，总让我感到一股浩荡的悲壮。

我又想到了“高陵之学”。

——那是八百年前的高陵，奉正塬上的读书人，新科进士杨天德，宁愿推迟一个月去京城上任，也要安顿好自己治下的安北县（今内蒙古巴彦淖尔市东南部）那些在南宋与金的战乱中死伤的百姓的后事。旧朝亡后，他与儿孙耕读奉正塬，开馆授徒，传承关学，以一家之力开启"高陵之学"的滥觞并坚守之。然而，这份坚守在那个"中华文化"的冰河期是何等不易！

奉正塬下蒿草枯，
渭水悠悠东向流。
故国不堪回首望，
秋风落叶满大阜。

——那是五百年前的高陵，东街宋家巷的吕柟，这个"（仕）三十余年，家无长物，终身未尝有惰容"的读书人，却站在"杨氏三贤"的祠堂前，发出"瞻前斯文空伫立"的叹息。他那首古风《云槐思忆弟仲止三章》，字里行间满溢的浓浓忧伤，至今读来让人唏嘘。

望云槐兮，白日渺茫。怀佳人兮，涕泪浪浪。系中塬兮，鹘鸰偕行。又上塞兮，鸿雁同翔。余何为兮？彷徨。尔志兮，颜商；尔貌兮，澹张；靡芜兮，秋霜；杜衡兮，殒芳；猿啼兮，断肠。

望云槐兮，山川逶迤。怀佳人兮，我心伤悲。江有草兮，叶陆离；场有瓜兮，带勾维；余何为兮，谁与。随尔言兮，可；为尔行兮，难；追凤凰兮，委。乘骐骥兮，趑趄；奎殒兮，魂飞。

望云槐兮，渺渺风烟。怀佳人兮，泣涕涟涟。水有鱼兮，并目；山有兽兮，比肩；余何为兮，盘桓。尔文兮，羽干；尔质兮，瑚琏；甘贫兮，塬宪；砺节兮，鲍宣；夜月兮，娟娟。

这一句一句反复吟唱的“望云槐兮”，总让我的双眼湿润，那绵长的忧伤，如细细的绣花针轻扎着我的心！我仿佛看见一个中世纪的愁容骑士，站在高高的奉正塬头，在萧瑟的秋风里，看渭水东逝，叹“逝者如斯”，念“田地仅两千顷奇而差赋若冠”，而无人应和的落寞。真是秋风枯百草，满河水寂寥。

——那是一百八十年前的高陵，西街盐店巷的白遇道，一盏马灯，一把扫帚，在凌晨一下一下清扫街巷的尘埃。这是华夏又一个历史更迭的转弯处，前无故人，后无知音。

这就是我的故乡，泾流渭水为她增添了一段旖旎的风光。在数万年的自然变迁里，在数千年的历史曲折里，这河流既浩荡又柔软，既勇往直前又深情款款。

虽有凛冽秋风吹，
坦荡无畏有乾坤。
来年春风吹拂日，
所到之处万物新。

2018 年 12 月 29 日写于渭北澡雪屋

2019 年 1 月 21 日改于渭北澡雪屋

出/关/中/记

CHU GUAN ZHONG JI

关中书院，仰望少墟

——

一座石马，昂首挺立，高大壮实，马鞍、马镫、汗垫雕刻清晰，头虽已损，仍不失其威风凛凛之姿，尽管时间的积尘让它肌肤更加粗糙，但同时却让历史的沧桑化成石头的永恒。

少墟先生语云：千讲万讲不过要大家“做好人，存好心，行好事”三句话尽矣。

冯从吾（1557—1627）

字仲好，号少墟，陕西西安府长安县（今陕西省西安市长安区）人。著名思想家、教育家，关中书院的创办者，人称“关西夫子”，是明代程朱理学和陆王心学融合的集大成者，亦是明东林党在西北的领袖。著有《冯少墟集》二十二卷，《元儒考略》《冯子节要》及《古文辑选》，均著录于《四库总目》，并行于世。

书院门街

知道冯从吾是因为一条街。这条街在西安老城南门里。进南门，北行约 50 米右拐，进入一条东西方向的小街，这条街叫书院门街。西安人习惯叫它书院门。这也是西安市政府近年来打造的一条仿古文化街。书院门起自宝庆寺华塔前，终端是西安碑林博物院，全长约 570 余米。而这条街的出现，却是因为一座书院，即关中书院。这座明清之际陕西乃至西北的最高学府，其创始人就是冯从吾。历史对于他的定论是著名思想家、教育家，是明代关学的集大成者，是明东林党在西北的领袖。

只是这种高悬天际的伟岸，对于在大地之上忙碌的我而言，能做的似乎唯有合掌膜拜。直到我读到他的一则“为官警语”，那个遥远在天际里有些虚幻的冯从吾仿佛一下走到了我的身边。我依稀看见了这个生于大明朝中后期的关中先贤那紧蹙的眉头，凝重的眼眸里那股倔强与坚定，还有那勇往直前的深深的悲壮。那则“警语”是冯从吾 33 岁进士及第后，被选为翰林院庶吉士“观政礼部”时，题写在自己房间墙壁上的一段勉励自己的话。

其一曰：士君子释褐后，不可忘了秀才气味。凡事让人一步，凡事俭用一着，便是做人实际，不然贻累不浅，悔之何及？

其二曰：自己不能寡过而望人容我，惑也。望人容我而我不能容人，惑之惑也。必随事自反，不与人较量，方能拔此病根。

一个刚刚步入仕途的年轻人，面对似锦的前程，美好的未来，扬鞭自奋，高标准、严要求自己亦无可厚非，毕竟好上加好，锦上添花亦人之常情。然而，引起我注意的却是那句："士君子释褐后，不可忘了秀才气味。"何为"释褐"？释，脱矣；褐，则为粗布衣服。即脱下粗布衣服，穿上官服，亦即当官之后不可忘了秀才气味。就是这个"不可忘了秀才气味"一下子勾起我的好奇之心。

古代的秀才其实是一种人才选拔的科目，后又变成科考的一级身份。无论何种变化，其核心则指读书之人。到了元明时期，老百姓把一般的书生或读书人都叫"秀才"。而冯从吾正是明代中后期的人，难不成冯从吾让自己做官之后仍保持书生之气？要知道“书生之气”自古就有不世故、不圆滑之意，尤其在今天，它甚至是不成熟，太直率，太单纯，说白了就是“傻”的代名词呢。冯从吾“观政礼部”时已过而立之年，阅历已不能称浅，世事历练也不在少，而他却如此钟情于这“秀才气味”。更何况历史已有定论：冯从吾是个大思想家、大教育家呢，如此说来，他极力推崇的“秀才气味”肯定不是一般的“书生之气”，那到底是什么呢？

翰林清风

万历十七年（1589），冯从吾进士及第，以庶吉士的身份走进了大明朝的翰林院，正式开始了他的仕途人生。这一年他33岁，在彼时，这个年龄不大也不小。中国自古有三十而立之说，所谓立，即立业立家，尤其是盛行早婚的那个时代，33岁实不算小。但对读书人而言，科考做官是终生营务之事，而中举更是一种小概率事件，所以33岁步入仕途，也可说是正当年纪。

据董其昌在《序少墟先生集》中言，此年（己丑之岁），庶常吉士（周秉钧易解“庶，众也；常，祥也；吉，善也”，其名称源自《书经・立政》篇中，明置庶吉士，取义于此；清因以“庶常”为庶吉士的代称）二十又二人。这22人是大明朝精挑细选的国之栋梁。他们读书科考，过五关斩六将，终于登上人生最大的平台——翰林院。按大明制度，他们在此再经过三年“以朝臣为师，以经史诗赋为课”的馆课学习培养后，可参加“散馆”考试，择优授予翰林院官职。无论如何，美好的前程已向他们招手了。我能想象出他们春风满面、踌躇满志的样子，但唯有一人却常“冷面矜庄”，朝堂之上正襟危坐，目不斜视；每次上朝总是自带干粮，随身携书；既不请客送礼，也不巴结逢迎，就那么我行我素。他就是冯从吾，一个来自西北长安的关中秀才，他非但不因入仕而喜形于色，反而更加严以律己，对自己提出更高的要求，他把“释褐后不可忘了秀才气味”的条幅贴在宿舍墙上，别人“放松身心，纵情声色”时，他在学习；别人“拜谒贵人”“追名逐利”时，他在研究。于是，他成了别人眼里的“冷面骨人”，成了别人心中的“食生猪肉者”。但他却任由别人讥笑，我自岿然不动。

他先以一篇题为《做人说》的文章阐述“做人的重要性”，他认为“做官只是做人的一种方式”。其实，古今中外无论再高深的文化，无不是围绕“活成一个人”而展开。一个人来到世上，起初只是一团血肉生命，这团血肉生命能否“活成一个人”，全凭这团血肉的后天修行。我忽然想起了《白鹿原》中的两个人物白孝文和黑娃（鹿兆谦），前者出生富贵之家，后者生于长工之门。前者识文断字，满腹学问；后者目不识丁，一肚子草莽。然而，在人生的风浪摔打后，前者吃喝嫖赌变成烟鬼，后者历尽劫难却终“学为好人”。当然对于前者以后“功成名就”，而后者丢了性命，那是陈忠

实先生的另一个隐喻，但先生笔底涌出的敬重却毋庸置疑地倾向于后者。

西方的文化让人活成“自由的人”，而东方文化则让人活成“道德之人”。自有人类社会至今，为“个体自由”而战的西方人却不断陷入“个体利益”的纷争之中而无法自拔；而为道德而战的东方人，在为“集体利益”的奋斗与牺牲中，最终使其文明生生不息，延绵不绝。

纵观华夏历史，从老子到孔子，从孔子到孟子，从孟子到程朱，到张载，到陆王，无数代思想家无一不在为使我们成为一个“道德之人”而殚精竭虑。尽管在他们身侧不时涌来浊浪，不时飘来腐臭，那些宵小之徒，贪婪之辈，奸佞之人，甚至前呼后拥，纷至沓来，但他们最终也未抵过这些胸存“天地之间浩然正气”之人！

冯从吾生活在晚明时期，这是一个什么样的时代呢？何睿洁在《冯从吾评传》中是这样描述这个时期的：

这是一个“富可敌国与民无立锥之地并行，商业的发展与贿赂公然并行，皇权的高度集中与朝廷上下的政治派系之争并行，连绵的水旱灾害民变与边境战争不断并行，阳明心学与程朱理学、佛、道各种思想并存，纠结，晚明的几十年整个呈现出一派王朝末路的颓败、腐朽景象。

冯从吾出身于书香门第，其父冯友饱读圣贤之书，性情耿直，为人淳良，廉洁为官，政绩突出。从他 9 岁开蒙识字始，就书王阳明“个个人心有仲尼”之诗勉励其做圣贤之人。后受教于长安萧九卿、沈豸二位塾师。萧、沈二老严毅教人，端方正直，重视伦理教化。尤其是沈先生的座右之铭：

“心术不可得罪于天地，言行要留好样于子孙”深深刻进时年 14 岁的冯从吾心中。从那时起“治国安邦，建功立业，得君行道”成了他矢志不渝的梦想。

然而皇帝的颓废，小人奸佞峰起，摇摇欲坠的大明王朝，使满腔热血的冯从吾忧心忡忡。眼见着人们逢迎拍马；眼见着官员贪污腐败；眼见着天灾人祸、民变、战争，怎么办？大多数人都顺流而下，同流合污了，矢志圣贤的冯从吾却选择逆流而上。他像一个孤胆英雄，以一已之力，力图为大明杀开一条血路。

他先是写《做人说》，想以学术明人之心性。紧接着，他又做了两件事：一是在改任山西道御史时以《论劾险佞科臣疏》弹劾奸佞小人胡汝宁；二是以《请修朝政疏》冒死直谏弹劾万历皇帝懒政。前者以胜利告终，而后者却差点使他遭“廷杖”之刑，终致万历二十年请告归乡。但这个关中秀才的刚正不阿，敢作敢为，坚决果敢的勇气与魄力却已名扬天下。冯从吾的出现仿佛给闷热昏晕的大明吹来一阵清风，使死气沉沉的大明政坛陡然一惊。我突然明白了冯从吾的“秀才之气”，那就是正直坚毅，果敢担当，不与世俗妥协，为梦想而战的执着。

太华振衣

万历二十年（1592），正月十三日，冯从吾继四个月之前的《论劾险佞科臣疏》，再次向皇上递交了一份奏折，这份“政疏”矛头直指皇帝本人，就是那份震惊朝野的《请修朝政疏》。书奏：

为中外多事，朝政当修，恳乞圣明励精以图万世治安事

臣不佞猥以书生叨入仕籍三年于此矣，窃见陛下郊庙不亲，朝讲不御，章奏留中不发。试观丁亥戊子以前，四裔效顺，海不扬波，天下何等景象也，是励精之效既如彼；己丑庚寅以后，南倭告警，北寇渝盟，饥馑荐臻，天变人妖叠出沓至，天下又何等景象也，是静摄之患又如此。中外多事，人心忧虞，……不曰陛下困于曲蘖之御而欢饮长夜，而曰陛下倦于窈窕之娱而晏眠终日，不然何朝政废弛至此极也？虽陛下近颂敕谕，谓圣体违和，欲借此自掩，不知鼓钟于宫，声闻于外。……天下人心岂可欺乎？况陛下每夕必饮，每饮必醉，每醉必怒。酒酣之后，左右近侍一言稍违，辄毙杖下，外庭无不知者。天下后世，其可欺乎！……臣愿陛下勿以天变为

不足畏，勿以人言为不足恤，勿以目前晏安为可恃，勿以将来危乱为可忽，宗社幸甚。……

多么忧戚，多么恳切！多么率直，又多么不留情面！堂堂皇上的颜面何在？万历震怒，传旨廷杖之。幸逢皇太后寿诞，加之大臣们求情，才幸免于难。四百多年后，当我再次读到这则史料，仍能感受到那回荡在字里行间的慷慨激昂和满腔忧愤。真应了那句话“舍得一身剐，敢把皇帝拉下马”。这个关中秀才以“关中冷娃”的勇气，目不斜视地走在通往“圣贤”的路途上，哪怕荆棘遍布，依然不改初心。

得罪了皇帝，自然就不可能仕途亨通了，但对冯从吾而言，“做官只是一种做人的方式”，此路不通，即觅他途。于是，三个月后，36 岁的冯从吾请告归乡。

由此直到 62 岁，二十六年间，冯从吾以另一种方式更坚实地走在自己“希圣希贤”的人生道路上。这个方式就是“讲学”。冯从吾认为，讲学对于个人，关乎道德修持；对于学术思想，关乎道统传承；对于国家，关乎国运兴衰。这个忧国忧民的关中秀才，深深感到唯有讲学才可晰迷破惑，拯陷救溺，才可砥砺士节，经邦济世。从 1596 年第一次在宝庆寺讲学始，他的足迹遍及关中，有名的有：1609 年的终南山讲学，1611 年的池阳 (今三原县) 讲学，1612 年的太华书院讲学。

其中池阳讲学的盛况，时人有云："先生池阳之讲，不惟士人兴起，即里巷小民咸拥与聚观，候门窃听，欲得一二语终身诵之。" 这段话出自后人整理出版的《冯恭定公全书（卷一）》。我对一个小县城里来一个教授讲座竟能使"里巷小民咸拥与聚观，候门窃听，欲得一二语终身诵之"的记载一直持小小的怀疑。池阳也就是今天的三原县，距我的家乡不过十五里。在我成长的岁月里，曾无数次去往那里，我熟悉那里的每一条街巷，那就是一个农业县的办公机关所在地而已，即使倒退四十年，那里能识字的人又能有多少呢？更何况四百年前，尽管那时的三原已是三秦的大都会，但繁荣的经济往往只会让"灯更红，酒更绿"。

也许有"里巷小民咸拥与聚观"，但"候门窃听，欲得一二语终身诵之"未免有夸张之嫌吧！不过五年前一位牧师朋友的一席话却改变了我的这一看法。这位牧师朋友是渭北一个小教堂的牧师，曾应邀去深圳南山区一个教堂做教务工作。他告诉我说：深圳那里的人可怜得很！我很诧异，那里的人不是很有钱吗？他说：正是因为有钱，尤其是那些拿到拆迁款的农民，在巨额的财富面前一下子迷失了心性，吃喝嫖赌，吸毒，然后妻离子散，家破人亡。尽管那些离婚的女人或男人，手握百万、千万资产，但却无家可守，无情可依，彻夜失眠而精神抑郁或崩溃。原本以为拥有了丰富的物质，人就活成一个“人”了，谁承想一切却毁于那个“钱”字。我想起那个兰陵笑笑生，他的《金瓶梅》，那个西门庆和他的“瓶瓶”“梅梅”们，那纸醉金迷，那颓废腐靡。冯从吾就生活在那样一个时代。

明末清初之际的三原，因地利之便和历史机缘，已成为彼时陕西的文教中心和金融中心，是名副其实的三秦大都会了。正如那时关中歌谣里唱的“宁要三原，不要西安”，其繁华的程度可见一斑。

创建于 1494 年的三原宏道书院，一直是陕西乃至西北的最高学府。冯从吾此次池阳之行就是去祭祀宏道书院的创办者王承裕（谥号康僖）、王恕（谥号端毅）、马理（字伯循，号溪田）、温纯（字景文，号一斋）、张原（字士元，号玉坡）五位学者的祠墓的。那些池阳所谓“里巷小民”实乃“巨商大贾”也。我能想象出这些生活富足的“里巷小民”的“精神饥渴”，他们“候门窃听，欲得一二语终身诵之”的渴望与感激。然而，我依然无限感慨，感慨那些“里巷小民”的好学，感慨冯从吾对天下苍生满怀悲悯的“讲学”式“开蒙”。即便是在今天这个教育极其普及，知识信息无处不有的互联网信息时代，由于个体的差异和局限，人们仍渴望有精神导师的人生启蒙，更不用说四百多年前的大明。在那个教育远远没有普及的时代，如冯从吾这样的心明眼亮、知识渊博的学者的出现，不啻为老百姓的心中点起了一盏明灯。正如朱熹所言：天不生仲尼，万古如长夜。人生得一这样的导师，夫复何求啊！

1612 年的太华书院讲学更是满眼繁华。太华，即华山。太华书院的准确位置是今天华山青柯坪紫云宫。此处三面环山，地势平坦，林草茂盛，是登山人的一个绝佳的歇脚之处。

2013 年元月，正是北方冬天最冷的时节，我来到华山脚下。我的家距这座“天下名山”其实并不远，驾车两个小时就到了。以“险”著称的华山，在冬天愈显出其刚健与险峻的风貌。因为脚力不够，胆子又小，便选择坐缆车上山，没想到一上缆车更是吓掉了半条命。那一根钢索几乎是直上直下地悬在空中，而巨大的缆车挂在细细的钢索上，在吃力的爬升中，发出“吱吱嘎嘎”恐怖的叫声，仿佛随时会掉落下去似的。我的心一下子就吊到了嗓子眼，感觉自己不是坐在缆车上，而是孤立无援地站在悬崖边。

缆车慢慢上行，我似乎听见它巨大的喘息之声，才下过一场雪，洁白凝冻在脚下远近的深渊、巨石、危崖之上。一座一座巨大的花岗岩石山峰耸立在天地之间，在冬日的阳光

下闪着耀眼的白光。长在石缝间的野草挤成一团团，一簇簇，在冷风中枯黄着脸瑟瑟发抖，一种“惊险”的气息弥漫四周。当我终于站上北峰之巅西望时，一座巨大的斧劈刀砍般的“墙壁”直扑我的眼前，那就是西峰。后来我攀东峰，登南峰，一路之上这座巨大的墙一直耸立在我身前身后，直到我坐在青柯坪的一块石凳上小憩，再西望时，它突然却变了个模样。那厚重与齐整的峭壁，因中间的天然折弯，而俨然如摊开的一本大书。

大自然简直太奇异了，仅仅是换了一个角度，一切就全然改观。我不禁站了起来，久久遥望着这本顶天立地的大书本，莹莹积雪轻附其上，如冰似玉，晶莹剔透，一种庄严伟岸又轻盈峭拔的感觉扑面而来。那真是一种令人震撼又使人沉醉的奇妙感受。多少年过去了，一旦想起仍历历在目。

四百多年前，冯从吾登上青柯坪，不知他是否也看到这本天地造化之书，但我知道他当时就在旁边的紫云宫里讲学，那娓娓的声音以巨大的穿透力使天下读书人闻之而动，影从而来。

彼时的青柯坪“唐巾”云集，诗友唱和，书声琅然，松

林侧耳，鸟雀鸣啾。就在这本大书脚下，他们仰望他们的导师，和他一起“究天人之际，通古今之变”，“明自我之心，觅做人之道”。这动人的场景，青春的激情，使性情肃谨、不苟言笑的冯从吾也诗兴大发，曾因此作诗一首：

太华峰头好振衣，

雨晴百卉竞芳菲。

孔颜博约传心诀，

尧舜危微泄性机。

玄鹤远从天外至，

白云时傍洞中飞。

工夫须到真源处，

才得吟风弄月归。

这是何等的意气风发，何等的热情似火，何等的激情豪迈呢！因为这数百影从之人正是大明中兴的希望所在！冯从吾的“关西夫子”之名亦由此名动天下。

关中书院

冯从吾最初讲学是在西安南门里的宝庆寺内。

西安的古老，天下人尽皆知。从文王的丰镐开始，到汉唐的长安，凡三千年，长长的历史让这块土地里收藏了数不清的祖先记忆，但真正有城垣围拱的城市时光却是到了大明才着落的。今天的西安城墙其实就是明城墙，周长达 13.74 公里的高大宽厚的青砖城墙，仅城门就有 18 座，东长乐门，南永宁门，西安定门，北安远门，则是四座高大威武的主城门。这得益于明代“高筑墙，广积粮，缓称王”政策的实施。在冷兵器时代，一堵高大厚实的墙就是这么有用。

我曾去过南京，这个六朝古都，大明起初的首立京师，其城墙却已支离成一段段残垣，虽然后来的人们不断弥修，但至今仍能看见那断裂的伤痕。北京更不用说，城墙已完全不存在，仅剩下一种装饰的城门楼符号。据说有遗址保存，但亦为支离断垣。我第一次去北京是在八年前，高楼宽街，车流滚滚，人潮涌动，突然，在四通八达的道路中间，不远处出现了一座高大的门楼，就那么突兀地、孤零零地站立着。

仿佛一个旅者突然闯进一个陌生的地方，四下张望着。高耸入云的摩天大楼投射着巨大的阴影，让他有些惊慌，有些失措，那种孤立无援的神态，显出一种极大的落寞和孤独。

相比之下，西安的城墙是完整的，在华夏大地的西北之隅，屹立在关中四塞之中，成为“金城千里，天府之国”繁华的核心。我知道这个完整的背后有无数护城人的心血。今天的城墙“防御”功能早已弱化，代之而起的是一种“古老历史文化”的形象载体，它让后世的人们在绵延的青砖累叠中感受祖先曾经的智慧、荣光与夹挤在砖缝里的传说和轻轻的叹息。

我曾无数次登上这座老城墙，最难忘的是一个夏天的午后，刚上城墙，只见四面乌云聚集，“黑云压城”，一场不期而至的夏日“白雨”从天而降。霎时，雨线扯天扯地垂落，灰蒙蒙的雨雾悬挂在整座城市上空，我躲在一把城墙景区的遮阳伞下，雨水汇成小溪穿过我的脚面，快速地向旁边的下水道流着，不时发出汩汩的响声。城内的无数条刚刚还人头攒动的大街小巷，一瞬间没了人的踪影，天地间一下子安静得只剩下风声雨声充塞耳畔。“白雨”的特点就是来得快去得也快，大约十多分钟，雨停了，不知从哪里一下子冒出很多人。雨过天晴，碧空万里，一朵一朵的白云在天空中千形万象。一道巨型的彩虹出现在天空，引起人们一阵惊喜的尖叫声。我环顾四周，城墙脚下，那些灰瓦屋顶被雨水洗刷后显出少有的洁净清爽；南方天际，墨色秦岭东西横卧；而西方天边，火红的夕阳染出满天的彩霞，仿佛油画家不慎打翻了颜料盒子，赤橙黄绿青蓝紫洒满天际，而长长的青砖墙垛在灿烂辉煌的夕阳里，如一条鳞光闪闪的金龙在身侧绵延！城垛上，角楼顶猩红的狼牙旗，在一阵阵风中呼呼作响。那

是一种奇异的感觉，身边青砖灰瓦古意淡远，远处天边绚烂多姿一派繁华。大地凝重，天空恣意，一种豪迈，一种壮烈，一种浩荡之情，搅动着我的心绪，使我久久沉醉。

那天，我守着西天五彩的霞光，直到暮色四合，华灯初上。

也就是那一天，当我站在永宁门城楼之上时，我的眼睛被城内一座古塔吸引了。它在永宁门内靠东的方向，夜色中，塔身通体散发着富丽的明黄色的光，那是一种柔和而温暖的色调，让白天里厚重的古塔突然轻盈起来，梦幻起来。朋友说，那个塔有个名字叫宝庆寺塔，在塔的南侧有一条仿古文化街，叫书院门街，专卖文房四宝，还有字画。朋友是一个喜欢写写画画的人，对此处很是熟悉。

“为什么叫书院门呢？”我随口问朋友，并努力向古塔处望着。在街口隐隐地似乎有一座牌楼，街上来来往往的人很多，但因为夜色与距离总是显得影影绰绰的。

“因为这里有一个‘关中书院’啊！”

这是我第一次听到这个名字。因为陌生，我甚至充耳不闻，又只顾沉醉在古城华灯霓虹的稠秾里了。我就这样与冯

書院門
家具

从吾先生擦肩而过。那是十年前的事，至今想来很是惭愧！

1596 年，40 岁的冯从吾开始了他的宝庆寺讲学。据说自讲学之日起，便日日听者云集，最多时达五六千人之多。小小宝庆寺到处是人，摩肩接踵，拥挤不堪。听者亦是士农工商各色人等，连地方官员也争相听之。这样的情景至今想来仍令人动容。那是人们对知识的渴望，对学者的敬仰啊！为了规范讲学，他拟定讲学制度，即有名的《学会约》，后精简为《谕俗》。后又立学规二十款，即《士戒》。1597 年，又拟定《关中士夫会约》十三条，力图重振关中风气。

1606 年，50 岁的冯从吾完成了中国理学思想巨著《关学编》。而此时宝庆寺的狭小与人们听讲的热情，终于为冯从吾迎来了一个创办书院的契机。

万历三十七年（1609）十月，陕西布政使汪可受，按察使李天麟，参政熊应占、闵洪学，及副使陈宁、段猷显等，为冯从吾另择宝庆寺东的小悉园，供其讲学，从此一座“书院”拔地而起。书院中建讲堂六楹，题匾名“允执堂”。冯从吾在《关中书院记》中云：“书院名关中，而匾其堂为允执，盖借关中‘中’字，阐允执厥中之秘耳。”讲堂左右各为屋四楹，皆南向若翼，东西建有生徒宿舍、号房各六楹。堂前有方塘半亩，树亭于中，砌石为桥。堂后有假山一座，三峰耸翠，宛然一小华岳。大门本南开，后改于西巷。三年后，新任布政使汪道亨于书院建“斯道中天阁”一座，以祀孔子。至此，书院已初具规模。

也是由此，冯从吾“以学行道”的人生理想有了一块坚实的阵地。而他的“道统”理想的种子，也借由这座书院而播撒于关中士人、陕甘学人的心中。

小时候，我体弱多病，村里有个中医大夫，那时我是他

们家的常客。每次去时，他总会让我坐在一个黑漆方凳上，把手放到一个小棉枕上把脉。这是一个非常安静的时段，我总会把头仰起来看他墙上写的一幅字：

做好人，存好心，行好事。

因为通俗易懂，刚会认字的我记忆很深。到今天我才知道，这是冯从吾《谕俗》中的话，原文是这样说的：

千讲万讲不过要大家“做好人，存好心，行好事”三句话尽矣。因录旧对一联：做个好人心正身安魂梦稳；行些善事天知地鉴神鬼钦。

也是到今天，我才知道那个咸阳刘古愚终生“教育救国”的动力之源，那个蓝田牛兆濂“学做好人”的动力之源，那个三原于右任办学无数的动力之源，还有长安柏景伟、高陵白遇道，他们铮铮硬骨的历练源头，他们都是从“关中书院”走出来的关中秀才啊。尤其那位周至李二曲，这个正好在冯从吾去世当年出生的明清大哲学家，仿佛就是冯从吾转世。他在 17 岁读到冯从吾的《关学编》即遇知音一般，他觉得冯从吾的书不仅使他了解了儒家学说发展的源流，而且使他懂得只有这种学说才有益于个人身心的修养，有益于移风易俗。正是从那时起，他一心一意地研究儒家经典及历史著作，并且努力掌握其中的要领，最终成为一代大儒，并在 47 岁成为“关中书院”的优秀山长之一，他的“立人达人，全在讲学；移风易俗，全在讲学；拨乱反治，全在讲学；旋乾转坤，全在讲学”简直就是冯从吾附体。冯从吾的精神火种就这样在“关中书院”的关中秀才手中代代相传。

那些石头

一切似乎都向着好的方向发展，从 1609 年至 1625 年，整整十六年，冯从吾的“关中书院”群贤荟萃，春光灿烂。其间，冯从吾四处讲学，终南山下，华山之巅，渭北塬上，无不留下他的足迹。他的《太华语录》《池阳语录》《终南山语录》也纷纷出炉。1622 年他再次出仕后，又在京城创办了“首善书院”，虽然这个书院仅办了不到一年，但他的京城讲学引起的轰动却是空前的，这个“关西夫子”的思想风范，让萎靡的晚明文化圈掀起阵阵波澜。

然而，正是这阵阵波澜，使那些沉醉在腐靡奢侈中蝇营狗苟之人坐不住了。这个大谈“做好人，存好心，行好事”的关中秀才，每一句话都仿佛一束刺眼的光，让那些躲在阴暗角落的人害怕得瑟瑟发抖，尤其是当时以魏忠贤为首的宦臣们。

1625 年，魏党上疏请废天下讲坛。其实在此之前明政府曾发生过三次“毁书院”之灾。

第一次是嘉靖十六年（1537），监察御史游居敬上疏斥责南京吏部尚书湛若水“倡其邪学，广收无赖，私创书院”，请求皇帝“戒谕以正人心”。嘉靖一方面慰留湛若水，一方面则令所司毁其书院。这次禁毁的矛头只在湛若水创办的书院。

第二次是嘉靖十七年（1538），吏部尚书许赞，以官学不修，多建书院“聚生徒，供亿科扰”，耗财扰民为借口，上奏嘉靖。嘉靖即命内外严加禁约，而毁天下书院。但这次处理的大多是官办的书院，其他书院后来依旧照常讲学。

第三次禁毁书院是在万历七年（1579），张居正执政当国时，极力控制思想，对书院讲学特别厌恶。然而，书院讲学制度已深入人心，所以，虽禁犹存。如果说前三次毁书院，尤其是张居正毁书院是痛恨讲学的浮夸习气，故以整顿学政为目的对天下书院实行禁毁，同时想要统一教育机构，还是有一定的政治见解的，只是手段不当而已。

但到了魏忠贤这里，则完全是出于个人报复。从人性角度看，那就是“恶与善”之战；从人品角度看，那就是“小人与君子”之战。以魏忠贤为核心的一伙小人，利用晚明时期复杂的社会矛盾，投皇帝之所好终至“挟天子以令诸侯”，使整个社会邪恶当道，黄钟毁弃。这些当道小人“矫诏”频出，打击良善，为所欲为，肆意横行。魏党之所以要毁天下讲坛，就是因为以苏州东林书院为代表的文官集团代表杨涟在天启四年（1624）六月一日，向皇帝上了有名的“二十四罪疏”，对魏忠贤进行愤怒的弹劾。冯从吾“以学行道”的一系列行为也使其被魏党划入东林党人在西北的代表。

据史载，一个叫王绍徽的吏部尚书曾仿《水浒》故事，把东林党人 108 人编成一本《东林点将录》，献给魏忠贤，冯从吾以“地强星锦毛虎工部尚书冯从吾”而位列其中。这是一次惨烈而悲壮的抵抗。苏州东林书院全部拆毁，而关中书院也未幸免，连孔子像亦被推倒，扔在城墙的一角。其实，冯从吾对魏党之流的恶劣行径是有心理准备的，他一直很清醒地进行着坚决而顽强的抵制，但他仍未想到这伙没有底线的小人们的报复会是如此疯狂。尤其是“曳先师像置城隅”终使他“痛如切肤，羞愤交加”，他奋而绝食抗争，终因年迈体弱，一病不起。天启七年（1627）二月十二日，一代大儒饮恨而逝，终年 71 岁。

我在阅读这段史料时，很是感慨，不是说中国人有“奴性”吗？尤其是中国文化近些年越来越被“奴性”的历史帽子压得喘不过气来，可当我潜入华夏历史的云烟背后，却被一长串一长串闪耀着血性骨气之光的名字不断地震撼着。尤其是晚明天启年间这场文官集团与魏党的抗争，代表着正义与社会良知一方的读书人那种血性与勇于牺牲的精神，哪有一点“奴性”的影子？记得上高中时，曾学过一篇课文《五人墓碑记》，那是明代张溥的一篇文章。写的就是魏党在苏州乱抓东林党人周顺昌引起市民群起暴动。那五位普通乡人激于义愤挺身而出，终被魏党屠之。至今我都记得文章中那一段：

嗟夫！大阉之乱，缙绅而能不易其志者，四海之大，有几人欤？而五人生于编伍之间，素不闻诗书之训，激昂大义，蹈死不顾，亦曷故哉？

而那个周顺昌更是了不得，虽被囚魏党大牢，却终日骂魏忠贤不止。这个万历四十一年的进士，满腹锦绣文章的读书人，却在面对魏党抓捕时慷慨激昂道：“你不知道世上还有不怕死的男子汉吗？回去告诉魏忠贤，我是原吏部郎中周顺昌。”

五人墓記

冯从吾在书院被毁时，“痛如切肤，衄血病榻，寝食俱废，昼夜趺坐百余日，竟以不起”，家人欲请医诊治，他说：从古有不死之人哉？

何为奴性？不就是一切看主子脸色行事，无自主意识，心甘情愿地做驯服工具，无正义良知，得过且过，无是非观念，无道德意识，不以为耻，反以为荣，在主子面前讨好卖乖，阿谀逢迎吗？

可你看看我们的周顺昌、冯从吾、苏州的市民们，他们哪一个有此容颜？再仔细想想我们的孔老夫子“不降其志，不辱其身”“道不行，乘桴浮于海”；我们的孟夫子“君之视臣如手足，则臣视君如腹心；君之视臣如犬马，则臣视君如国人；君之视臣如土芥，则臣视君如寇仇”“君轻民贵”“居天下之广居，立天下之正位，行天下之大道”“得志，与民由之；不得志，独行其道”“富贵不能淫，贫贱不能移，威武不能屈，此之谓大丈夫”。有人曾用二战中伪军人数来证明中国人是软骨头，岂不知欧洲各国在二战中举国不战而降的有多少啊；还别说在战场上惜命投降的，更是不计其数呢；而我们杀身成仁的将士又何其多哉！

2017年，一个偶然的机会，我去西安文理学院参加一个培训，那是个春日的早晨，朝霞万道，和风习习，空气清新，一群群大学生，从我身边匆匆而过。我沿着一条幽静的石板小径绕过一湾湖水，在一片如茵的草坪前与冯从吾先生不期而遇。那是一尊高大的大理石雕像。先生宽袍大袖，目光冷峻，迎风而立，“唐巾”飘摆，浩气荡荡。

1627年，冯从吾饮恨而逝，埋葬于他的家乡长安县冯村。这个地方就在今天西安南门外太白北路西侧，西北工业大学（友谊校区）东侧的陕西省交通医院所属区域。而先生的墓冢至今仍被保护在陕西省交通医院的一处园林里。近四百年是人类社会发展最为快速多变的时期，也是人类数千年以来创造的精神与物质世界裂变最为剧烈的时期。但无论多么深刻的重组，华夏文明中骨气铮铮的基因都未曾改变。

1629年，也就是冯从吾去世两年后，即得以平反昭雪，追赠光禄大夫，太子太保，赠一品文官诰，谥号恭定。紧接着，关中书院即被修复，并改为冯恭定公祠。

1632年，再次重修书院，并于西门外另设冯恭定公专祠，立冯恭定公祠碑。

1637年，将冯恭定公专祠列入祭典，着地方官员春秋致祭。

1643年，于书院悬挂“圣学宗传”匾额。

1644年，书院拓修，题额“关中书院”。

1756年，乾隆御赐“秦川浴德”匾额。

1891年，光绪御赐重修冯恭定公专祠。内设少墟书院，春秋二季祭祀。

时间进入20世纪上半叶，尽管战火频仍，社会动荡，但对先生的纪念怀思仍未间断。

1935年至1936年间，张学良率东北军驻陕，将东北大学亦迁至西安。他准备在今太白路一带选址，最初的规划在太白路以西，正好将冯公墓园纳入其内。冯氏后人将冯从吾著作呈递于少帅，张汉卿阅毕，遂令更改规划，将校址迁至太白路以东。

1935年间，裕秦纱厂老板欲建工厂，冯从吾墓又划在了厂区范围，冯氏后人复将冯从吾著作呈上，没想到第二天，该老板亲赴冯从吾墓前，上香拜谒，并与冯氏后人合影留念。

1949 年后，国家将冯从吾墓园十四亩地列入公产，加以保护。

1966年至1976年的十年间，冯从吾墓虽遭冲击，但墓碑、翁仲等都被冯氏家族后人就地掩埋，得以留存下来。

2005 年 11 月 4 日，冯从吾铜像在西安文理学院内落成，并举行了隆重的塑像揭幕仪式。原冯从吾墓前的翁仲石刻已经被移放到西安文理学院高新校区内永久保存。在这长达三百九十三年的漫长岁月里，少墟先生的精神浩气长存！

那段日子，每日我从图书馆出来，沿着镜湖边散步，在两边的林间绿地里，不时会看见那厚重斑驳的石人、石马、石狮、石虎，它们就是先生墓前曾经的翁仲石刻。因了历史的波折，它们曾被隐身泥土之下，被毁砸残缺，但今天，它们却和峨冠博带、峻洁志高的少墟先生一起，走进这所三秦大地上的大学校园，走进了一个国家最旺盛的精神汇聚之地，多么令人欣然！莘莘学子们，背负着民族的期望，他们青春洋溢的身影在这些石头的身前身后时隐时现，他们或与石头相对而坐，或相依而立，那种亲近，那种凝思，那种注目，不正是对曾经的历史的一种深切的拜读吗？

我走向一只石马，它昂首挺立，高大壮实，马鞍、马镫、汗垫雕刻清晰，头虽已损，仍不失其威风凛凛之姿。我轻抚这四百年前的石头，它依然那么粗粝，尽管时间的积尘让它肌肤更加粗糙，但同时却让历史的沧桑化成石头的永恒。

那个早晨，我在这些石头的身旁坐了很久很久！

2020 年 7 月 6 日草成于渭北澡雪屋

出／关／中／记

CHU GUAN ZHONG JI

海峡两岸，泾水英木

——

北望黄陵，长叹先秦，怅惘汉唐，追思大宋，聚乡间草舍，论国之大事。走进了民族精英们博大的精神世界，从中获取前行的体悟，不遗余力地捡拾着这片大地上曾经的精神繁华。

于右任（1879—1964）

陕西三原人，祖籍泾阳斗口于村，中国近现代政治家、教育家、书法家。原名伯循，字诱人，尔后以“诱人”谐音“右任”为名；别署“髯翁”，晚年自号“太平老人”。于右任早年是同盟会成员，长年在国民政府担任高级官员，同时也是中国近代书法家，是复旦大学、上海大学、国立西北农林专科学校（今西北农林科技大学）的创办人，以及复旦大学、私立南通大学校董等。

于右任是被梁启超誉为“关学后镇”的刘古愚的学生，是关学进入20世纪后的重要硕果之一。

碑拓“于楷”

第一次听说于右任先生的名字是在我上高中的时候，那天历史老师讲国共合作，讲到于右任。只记得老师当时说于右任是咱三原人，字写得好，是个书法家。但这种源于老师口中的讲述在我却有一种现实的隔膜。只觉得他和那些存在于发黄的书页里的人一个样，没有一点真实感。

1985 年，我参加完高考，由于发挥失常，情绪低落的我常一个人跑到村后坐在田埂上发呆。一日，在村东一家人的后院堆放的杂物堆上，我看见了一本书。这本书比一般的书长，呈长方形，蓝色封面上沾着些尘土，书角破旧。它斜斜地躺在一根树枝上，一阵风来，它摇晃着，书页翻开又合上。无聊的我顺手拾起它，这本书的书名是《于右任楷书》，翻开一看竟是一本碑拓。我喜欢书法，从我刚上学时我就发现自己对方块字的线条很感兴趣，横平竖直，撇捺有度，点提弯钩，每写一笔都有无限趣味。那时，我最喜欢的作业是写小字，我照着书上印的字样子写，能写得像模像样。老师看见很是惊讶，就常夸我，还得了一个“小书法家”的称号。

那是 20 世纪 70 年代中期，农村的供销社里连个练习本都很难买到，但我们还有“写大字”的作业，就是描红写大字。我一开始就不愿拓着描，喜欢照着描红字帖写，后来才知道这叫临帖。

意外得到一本碑拓字帖，我有些兴奋，不禁仔细看了起来，这一看我便一下被惊到了：这是一种好特别的字啊！有楷书的严整，有隶书的饱满，又有行书的飞动，给人一种既温柔敦厚，又豪放不羁的感觉。我从未想到字还可以这样写。这是于右任为革命军中马前卒邹容烈士书丹的墓志铭碑拓。那是一个难忘的夏天，我拿着这本奇特的字帖，在我的那间小屋里临摹。家里没有墨水，也没有纸，我就用毛笔蘸蓝墨水在旧作业本上写。直到 9 月份，我接到大学录取通知书。当我再用钢笔写字时，我的钢笔字竟都有了那个字帖的笔意。后来我知道了这就是独特的“于楷”。今天在好多地方都可以看到的“天下为公”“博爱”等书法牌匾就是它的模样。

然而，对于于右任本人，我却多年只停留在书法家的认识层面，而且因为他一直在台湾，宽宽的海峡让他变得更为遥远，更为模糊。直到三十年后，出走半生的自己也开始缅

于右任楷書
任書丹
君諱容字蔚
丹四川巴人
麟造并篆
額
三原于右
贈大將軍鄒
君墓表
餘杭章炳
天畫地非堯
舜薄周孔無
所避翼文
愈愛重君從
成都呂翼文
學與人言指

怀自己的青春，开始想念自己渭北的故乡，开始走进故乡历史的深处时，我再一次遇见了他。尤其当我看到他那张青年时代的散发照片，读到他的那首《望大陆》时，那热血的民国青春，那厚重深情的家国情怀，使我一下子泪流满面。我惭愧于自己的无知，惭愧于自己的傲慢，惭愧于自己总偏执于远方的诗和田野，却从未对自己脚下土地的丰腴与厚重悉心感受！

于右任，这位中国近代民主革命先驱、诗人、政治家、书法大师，他的故乡三原与我的家乡相距只有十五里。我曾无数次地去到这个名叫“三原”的地方，吃那里的美食，逛那里的大街，却傻傻地从未将这里与远在台湾岛上的于右任联系起来，更未认真思索过我的渭北大地因着怎样坚硬的风骨，以至长出如此壮硕的苍苍英木？于是，一种强烈的探寻冲动让我已不年轻的心开始蠢蠢欲动。我想以我的拙笔向这位故乡的人杰致敬！更想深度感受故乡大地深处蕴藏着的深厚而壮阔的人文时光，并借此向故乡渭北送上更美好的祝愿！ 2019 年冬日的一天，我郑重地开始了我的寻访之旅。

河渠志，水竹居

从高陵去三原有无数条路，有国道，有省道，有县道，还有最特别的一种道——田间小道。因为我们是田地相连，村庄相连的邻居，一道田埂，一段土路，都可随便走到对方的领地，在关中把这种关系叫“连畔种地”。

我这次选择走“高三路（三原人称‘三高路’）”去三原。此路是 1960 年修成通车的，公路全长 22 公里。近年又重新整修一新，新铺的柏油仿佛给道路穿上了簇新的衣裳，黄白相交的地标很是惹眼。这条路是贯通关中渭河北岸东西的一条县级公路，它西北过三原，越北部山地可达榆林塞外；东南经高陵，出潼关直抵苏皖江津，在高陵段它还是秦川大道的起始点。

一百多年前，青年于右任就是在这片天地里立下了“为万世开太平”的壮志，在这“泾三高”纵横的阡陌上，他风尘仆仆的身影和匆匆来去的脚印至今清晰可辨。因为“连畔种地”的缘故，他与高陵也结下了深深的缘分。

于右任的结发夫人高仲林是高陵人。据史载，他们相识于“三原舍粥厂”的一次义务劳动。那是1899年前后，陕西大旱成灾，民不聊生，饿殍于野。时任陕西省学使的沈卫募捐赈济，在三原县设“舍粥厂”。时年仅18岁的于右任因“西北奇才”之誉被当时陕西学政沈卫“特托”为粥厂厂长。舍粥厂一开张，人手紧缺，路过此处的高陵姑娘高仲林看在眼里，急在心里，便上前去帮忙，二人就此相识，最终喜结良缘。关中婚俗，新婚三天要“回门”，那时青春的于伯循和自己的新媳妇，是赶着小毛驴，还是骑着大红马，或者还是欢欢喜喜地走着“回娘家”呢？那个叫高仲林的高陵姑娘是多么让人羡慕啊！尽管她大字不识，却赢得了一代才子的终生眷恋。1959年，远在台湾的于右任曾以一首《思念内子高仲林》遥寄思念。

梦绕关西旧战场，

迂回大队过咸阳。

白头夫妇白头泪，

亲见阿婆作艳装。

要知道，于右任的时代，是个普通男人都可以随时妻妾

成群的时代啊！据说高仲林的娘家在通远镇的史喻村，就是“高三路”边上的一个村子，这真是一个让人浮想联翩之途呢！

而另一段“高三路”缘分更是令人唏嘘感叹。它发生在1903年。而故事的最早起因还得上溯到1900年。这一年，紫禁城里的慈禧被入侵的八国联军吓得逃到西安，于右任正在上学的西安府学不但被征用为接待慈禧的行宫，全体西安市民还被要求与全体师生一起冒雨跪迎。面对“逃跑卖国”的慈禧，愤怒的于右任欲上书陕西巡抚岑春煊“手刃西太后”，后在同学阻止下未成行，转年他又拍了一张散发照片，并书“换太平以颈血，爱自由如发妻”于其上以明志。

此事遭人告发，清廷震怒，下令通缉。此时，于右任正“应礼部试于开封”。

他的同学李和甫之父李雨田得知此事后万分着急。这个三原恒盛药店的老板，一直对这个家境贫寒又才高八斗、意气风发的青年赏识有加，就特雇“快腿”星夜兼程赶往开封，终使他得以脱身。我不知道那个“快腿”是怎么个快法，一定是一匹千里之驹吧。但那一日，在渭北的秦川大道上，从三原到高陵，从高陵至潼关，一定是尘土飞扬，马蹄嗒嗒。于右任在《三原李雨田先生墓表》中曾深情地写道：

嗟夫！此爱我救我之雨田二叔，可谓助我一生矣。十余年来，欲为表墓之文，而执笔则不成一字。今勉为此篇，但恨不足以报德也。

这两段渊源，前者的贤淑及夫妻深情，成了他暮年远在台湾时最温暖的思念；后者则无意开启了他波澜壮阔的民主革命征程。

走“高三路”还有一个理由，我出生的那个小村子正位于“高三路”南两县相接的交叉点上。在这条道上，有着我童年、少年时期无数的记忆。顺着这条道，我生平第一次看见了火车和长长的伸向遥远的地平线以外的铁轨，那是三原火车站；顺着这条道，我第一次走进了一个摆满书的地方，那是三原新华书店；顺着这条道，我第一次走进一座大城，又被一家又一家店铺招牌上的漂亮的毛笔字吸引。只是那时傻傻的我不知道“草圣大家”于右任一生心心念念的“三间老屋一株槐”的家竟也在这里！

我是以骑行的方式开始我的这次出行的。这也是眼下人们流行的一种健身方式。进入 21 世纪以来，中国的发展真正称得上是日新月异。也就十年时间，大街上竟已车满为患。而仅仅在四十年前，人们出行还主要是靠两条腿。那时，自行车都是奢侈品，能遇见一辆汽车，那一定是一个神奇的经历。可眼下，自行车早已不为人们珍惜，变成了花几毛钱就可随便骑的“共享单车”。而曾经还在为吃饱肚子而东奔西忙的人们，似乎一夜之间又变成“吃少”为“减肥”而“四处奔走”了。他们不辞辛苦“每日”跑步，“每周”登山，很多人都能跑“半马”，或跑“全马”。锻炼身体的花样层出不穷，比如那个被人冷落的自行车，摇身一变，成为一种叫“骑行”的健身工具。如果我的老父亲还健在的话，一定会惊得张大嘴巴的。我至今还记得，小时候父亲将刚买的自行车放在炕上的情景。那个大家伙挤得我睡觉都紧张，但我们却没有一个人抱怨，因为那自行车太宝贝了，只有万不得已才骑一次。今天，一些省道、国道两边都辟有专门的自行车道。尽管我已年过半百，脚力下降，但我也赶了下时髦，加入骑行队伍，毕竟生命在于运动嘛。

渭北的冬天并不凛冽，阳光灿烂的日子里还有种温温的暖意。

骑行最大的好处是自由，快慢由己，随时可停，适合胡思乱想。

魏家庙村是出高陵城后穿过的第一个村子。在这段路上，有两排高大古老的白杨，至少有四十年的树龄了。我缓缓地走在它们身边，仿佛老朋友一般。冬天里，曾经繁茂的叶子已落尽，只剩下光秃秃的、密密的枝条，一律直指向北方灰蓝的天空，主干粗壮，满身结节，深深的裂纹纵横交错，一身沧桑，但挺拔高大的身姿却给人一种豪迈之感。

前面是“高三路”出高陵后的第一个十字。向北通往高陵最古老的村庄——仁村堡，向南通往渭河北岸的古老渡口——上马渡，那里便是泾河渭水的交汇处“泾渭分明”的所在。这个独特的自然景观，早在中国的《诗经》时代，就走进了华夏人文历史的长河，《诗经·邶风·谷风》中的“泾以渭浊，湜湜其沚”便是明证。过了仁马路十字，道路开始宽阔起来。道路两旁新设计的绿化带，以垂柳为主，新柳幼苗横向三株密植，沿道纵向形成密而高的柳林带。尽管冬天柳叶落尽，但细密的枝条随风摇曳，依然风致别样。

在“高三路”南侧，还有一条公路，官名“临兴高速”。它西至兴平，东至渭南，是渭河北岸城乡连接的高速通道。物流的高速化是当下时代最大的特点。也许是老了，我总还是喜欢慢慢地走，总感觉只有在慢悠悠中才会知道自己是谁，去往何处。此刻，我一个人骑行在这条平坦如砥的大道上，四周亦是平坦辽远的庄稼地。

关中，自古就是“金城千里，天府之国”，而处于泾河渭水之间的泾阳、三原、高陵，又因处于中国大地原点之间，所以“泾三高”自古被称为中国的“白菜心”。

广义的渭北，泛指黄河第一大支流渭水以北。在陕西人心目中，渭北这一概念早已约定俗成，特指西起宝鸡，东至黄河，南与渭河平原相连，北接黄土高原的丘陵沟壑区。其主要的地形特点是山川塬交错，沟梁峁纵横。而山塬沟梁主要集中在宝鸡—扶风—礼泉—泾阳—三原—铜川—富平—韩城一线之北，之南便进入渭河二级阶地。三原在高陵之北，地处鄂尔多斯地台南缘褶皱带上，地势西北高、东南低，海拔在 362 ~ 1409 米之间，南北以四十里塬坡为界，东西以清河相隔，自然分割成三个明显不同的地形地貌形态，即南部平原、北部台塬和西北山原。整体地貌以平原、台塬为主，占总面积的 72%。高陵就处在那四十里塬坡之南。在地形特点上属非典型的河流阶地式平原，所以高陵的田野非常平坦。自公元前 350 年，秦在此设郡置县开始，已有两千三百多年的历史，农事非常发达，20 世纪 90 年代之前是全国驰名的农业县。而高陵发达的农事有一个重要的靠山——泾河，这条河流从六盘山南麓老龙潭开始，入陕西长武，再经彬州、泾阳、淳化，出三原北塬，于高陵陈家滩注入渭河。所以整个“泾三高”其实全是“泾流大地”，也正是这源源不断的泾河水将“泾三高”紧密联系在了一起。

在这片土地上，有天下第一渠之称的郑国渠。这项伟大的水利工程从先秦开始，就成为关中平原重要的农业命脉之一，“泾三高”也借此获得了“衣食京师，亿万之口”的盛誉。

忽然想起明代关中文坛的一段文人逸事。明嘉靖二十年（1541），陕西巡抚赵廷瑞礼聘三原马理、高陵吕柟编修《陕西通志》。马理，大明正德九年二甲进士，官至吏部稽勋司主事；吕柟，大明正德三年状元，官至吏部右侍郎。二人修志之地就在泾阳、三原、高陵交界的竹林寺（也叫寇莱公祠，今天的高陵区湾子镇生王村三县庄附近）。一天，二人奋笔疾书一大晌后，有些困了，就泡了一壶清茶，对坐而饮。虽说是休息，还不时就修志中的事比比画画，互谈高见。一不小心撞倒了他们面前的茶壶，一摊茶水流向桌子中间。马理看着那摊茶水，伸出一指来，向吕柟这边一戳，说：“一曲流泾野。”吕柟笑了笑，不假思索地伸出两指，将茶水朝马理那边引去，说：“二水灌溪田。”二人同时开怀大笑。为什么呢？因为马理，号溪田；吕柟，号泾野。让溪田和泾野成为自己的名号，足见二位才子对脚下这片泾流大地的热爱。

我的父亲一生最大的骄傲，就是从秦岭大山里出走到这一马平川的关中大平原上。他说，在这里可真是撒着欢地种地呢！你看这儿的地多大！多平！多肥！

年轻时，我无法理解父亲对这方土地的这种情怀，笑他“当不够农民”的老土劲。直到后来，我回到父亲的出生地，才知道那丹江河畔，秦岭南麓的高山深谷里，那掩藏在坡涧沟畔的所谓土地，怎能与关中道上的大平原相比啊！

开始出汗了，这是骑行最爽的感觉，尤其在冬天里，发热的身体使周遭的寒气四下逃散，而全身气血顿觉通畅。

到通远坊的北十字了。

通远坊是“高三路”上最有名的镇子。外界习惯称其“中国通远”。它位于“高三路”南侧，顺着十字南行两公里便是通远坊镇子中心。它的名气主要与驻扎在这里的三个机构紧密相关，一个是通远坊天主教堂，一个是国家地质总局第二综合物探大队，一个是西北人民革命大学旧址。尤其那个天主教堂，在晚清至民国的一百多年间，一直是陕西天主教教务中心和办公地，历任主教都常驻通远坊，统辖教区大小事务。外籍传教士来陕也都在通远坊居住。先后有外籍主教二十七位居此传教，有八位外籍主教长眠于祭台下，两位中国主教安葬在这里（其中一位是代理主教）。通远坊最初的名字叫“刘家堡”，这些远渡重洋来到此地的西方传教士，以其远通西方之远，给这里重新取了“通远”之名，据说他们的信件地址只写“中国通远”就能送达。这个天主教堂位于镇子的中心位置，中西合璧的建筑风格很显眼。

在它的东邻，便是那个国家地质总局第二综合物探大队，这是一个国家级的单位。

它的西邻，曾是高陵县(现为西安市高陵区)第二中学(高陵二中)，我的整个中学时代(初中三年，高中三年，共六年)都是在这里度过的，现在是高陵区职教中心。在这个学校的西北角，有一处保存完好的苏俄建筑群，那就是“西北民大”的旧址，现在是省级文物保护单位。西北民大，全称西北人民革命大学，是由延安大学、西北人民艺术学校、西北财经学校合并成立的一所短期培训班式学校，成立于1949年5月，同年10月迁址高陵通远；1953年，西北民大改组为西北政法干部学校；1954年，更名为中央政法干部学校西北分校；后经多次变革，发展为今天的西北政法大学。史载，学校在高陵的四年，共为西北地区培训一万两千余名党政和专业干部，是中国共产党西北地区最早的干部培养摇篮。

西北宗教基地，国家地质总局，一所大学，齐聚这个小小的渭北镇子，让它一下子与众不同起来，也就与四周的村镇不可同日而语，所以通远人的骄傲自不必说。20 世纪 70 年代末期至 80 年代中期，我就在这个镇子的那所与教堂相邻的县办中学，度过了我的中学时光。我的教室与那高大雄伟的教堂仅一墙之隔，我的很多同学都有去教堂做礼拜的经历。那是一种特别的神秘世界，而那些从物探队的大门里走出来的孩子，在我们这些农家子弟的眼里，更是一道别样的风景；至于那栋高大、厚重、气派的苏俄建筑，让我们贫乏的眼睛所受到的视觉冲击，至今仍难忘怀。正是它们的存在让我青春的心第一次被一种宏大的情怀所浸润，它无时无刻不刺激你对远方辽阔世界的向往。

路上往来的汽车很多，偶尔会遇见三两个骑行者，他们装备很专业，头盔、风镜、紧身的运动衣，从我身边快速通过。我挺了挺腰身，也加快了速度。

快到关市村了，这是“高三路”分界点，道路以一个漂亮的“S”穿过关市村，就此进入了三原地界。眼前这个村子叫阎滩村。这里距高陵县城 20 里，距三原县城 10 里，在出行靠双脚的年代，人们肯定舍远走近的，所以这里的高陵人去的最多的是三原县城。

这里是我长大的地方。

六七岁时，我跟着母亲从这条路穿过，去三原独李的大姨妈家。八九岁时，跟着邻居孙姐姐就是从阎滩村上“高三路”去的三原，周肖的大柳树，南关的铁路红房子，远远的乔马山，以及四周辽阔的田野，至今留在我记忆的深处。上小学时，一天下午，语文老师曾派我去“阎滩”的供销社给班上同学买作业本，我就是向北顺着“渠北张村”的村道，穿过裴家村外的田间小路去到那里。至今我都记得，那天在“阎滩村”供销社外，看见一个女人举着粗大的毛刷在墙上写标语的情景。那是个其貌不扬甚至有点邋遢的女人，但竟在墙上写出那样好看的字，把当时的我羡慕得不得了。直至今天我都在想，是不是真有神助，作古的“草圣”于右任先生将他的神笔传给了所有三原人呢？反正在我认识的三原人里还没有写字不漂亮的呢！

仿佛以示区别似的，在这个高三交界处的道路两侧，有两排约 300 米长的白杨树。我的记忆中，它们至少存在四十年了。我慢慢地骑行在它们身边，亲爱的，记得我吗？四十年前，那个走在你身边的小姑娘，那个与你们对视的懵懂女孩，我记得你风中峭拔的身姿，你是否记得我曾经稚气的眼神？这两排白杨，不是那种青杨树，满身纵裂，枝干屈曲，常作沧桑状；它们是毛白杨，通体端直，表皮光滑，偶尔的树结，常作椭圆形，宛如一只大大的眼睛，那么专注而深情地望着你。自然是多么神奇啊！它常常在不经意间以一种不易察觉的方式与人进行呼应。望着它们，我不禁微笑起来。

尽管高陵与三原田野相连，一样的农事风物，但却有一种隐隐的不同迎面而来。路两边的村民住宅依然是北方的高门大院，家家相连，但不同的是在房屋的大门内有时还能看见一种叫“照壁”的建筑。这是中国民居建筑中常有的设计，为一种特别的风水讲究。但居于三原之南的高陵一带的乡村房屋建筑，这种元素却很少看见了。另一个不同则是这里每家门前沿路统一修建的青砖护墙，高约半米，顶部砌有小巧的垛口，远远望去，如长城一般。这让我想起隐藏在陕北高原沟壑里的寨堡，那个米脂的“姜氏庄园”，杨家沟的扶风寨；更想起蜿蜒在中国北方崇山峻岭上的万里长城，一种强烈的护卫感竟油然而生。当然，这是当下“美丽乡村建设”的杰作，而三原人的建筑审美显然已有一种浓重的北塬山寨之风了。

前面是安乐镇中王村，这里距三原县城只有5公里了。远远地，我已经看见那座高高的木塔了。这座修建于明万历年间的木塔，距今已有四百年的历史了，是迄今为止中国西北地区唯一的一座木质塔。塔是佛教信仰的产物，但在我国一千多年佛教发展的历史长河中，佛塔的建筑艺术形式引发了祖先们对于其他建筑种类的想象力，于是一座座与敬佛思想毫不相关的塔随之诞生。如用于瞭望敌情的料敌塔，用于导航引渡的航标塔，用于祈求文风昌盛的文峰塔。中王木塔就是彼时三原人祈盼文风昌盛，地方富足，人才辈出而修建的。所以它有一个很文雅的名号：文峰木塔。它的倡建者，是四百年前的三原北城人温纯。当时他已官至工部尚书，他先是倡议为家乡三原造一座桥，以解清峪河（又称清河）两岸百姓涉水过河之难。待石桥建成后，他就又在县城东门外安乐中王堡建了文峰木塔。据说建塔的原因有二：其一，是建桥木料有剩余；其二，是三原地势西北高，东南低，以风水卜之，水流巽方，不易财脉文脉汇聚，故应以塔为峰镇之。神奇的是自木塔建成之后，三原县经济竟真的突飞猛进，文人雅士层出不穷了。

中国自古就有风水之说，一部《易经》自诞生之日起，就成了中国百姓的生存指南。它的神机与妙算，已有近三千年的百姓生活史实可以佐证。不过人们往往只折服其天道预测的精准性，把一部《易经》念成了“占卜算卦”之经，而忽略了世道人心在其间的蝴蝶效应。中国古代哲人有“天人合一”之说，而《易经》就是教人达“天人合一”之境的方法论之集成。如果修一座塔就能出一个状元，那如今的华夏大地早就成了塔林，而无人走之路了！其实真正重要的是人心善念的引领，是引领者的崇高风范效应。

且看这个温尚书，据说这个人平时是个不苟言笑、表情严肃的人，但在朝堂之上却以敢谏出名。他曾因“伏阙泣请”上奏朝廷罢矿税、惩阉宦，皇帝震怒，使之“以忤旨归里”。他回乡后，又看见三原城分隔南北两城的清峪河木桥年年被水冲毁，过往行人涉水艰难。他就倡议修石桥一座。为建桥，他先自掏腰包捐资 1000 银两，而后游说富户商贾集资。一个生性讷言的人，却为建一桥而求人！在今天精致清高的利己者看来是多么不可思议！明哲保身，享受自己的奢侈与豪华多么逍遥？十二年后桥修成了，可集资修桥的材料竟还有剩余。这又让当下的为官者惊掉了下巴，这简直是个傻子嘛！这么大的工程，这么长的时间，都不会从中捞上一把？还有剩余？还建文峰木塔？不过这还不算完。桥修好后，塔建成了，他见乡里学宫坍塌，又倾其家资，修复学宫，还建了一座“尊经阁”，将自己家中收藏的书籍尽置阁中，并嘱托陕西省巡抚、藩司各官员捐献所藏典籍。自己做了就做了，又求别人也来做，费尽口舌。这个木讷之人该是多么奇怪啊！

然而，就是此奇怪之人让四百年前的三原有了一座桥，有了一座塔，有了一座在当时“藏书较多、名籍较富”的图书馆。试想彼时之三原文风怎能不荣不昌，真可谓“鸟随鸾凤飞腾远，人伴贤良品自高”“家有梧桐树，自有凤来栖”。据史载，三原清河石桥建成后的数百年间，清河两岸，北城南城之间，交通便利，商贾往来，贸易繁荣，尤其是清代后期和民国时期，桥面两侧建有商铺，一色的青堂瓦舍，精巧典雅，各店铺门面挂有招牌，经营以小工艺品为主，如铜锅、铜壶、水烟袋、木梳、针线、戏装、刺绣，以及地方风味的油糕、芝麻糖等，各店生意兴隆，经营商品颇负盛名。彼时之三原既是关中通往塞外的交通要道，更已成为西北科技教育的中心。直到今天“泾三高”的老百姓都愿意把孩子送到三原的“南郊中学”和“北城中学”去求学呢！

小时候，每次去三原，过了裴家村，不久就会看见这座木塔，那简直就是我北上三原城的路标。我穿过一片一片的田野，那高高的六角木塔，远远的，却一直在我的视野里。我知道过了木塔寺，就快到三原城了。成年后，因为工作地在高陵县城，就很少去三原了。近些年，国家重视地方文化建设，文峰木塔再次得到很好的保护与修缮。去年夏天，我曾特地去了一次木塔寺。这里已修葺一新，成为一处漂亮的人文旅游景点。古木参天，鲜花灿烂，曲径通幽，古朴典雅。我沿着长长的青砖坡道走进那六角攒顶、四重飞檐的楼阁式木塔，那窄窄的木楼梯发出的轻轻的“吱呀”声响，至今在耳畔清晰可辨。

过了中王村木塔寺，就到了周肖村。我习惯叫它大柳树。因为在 20 世纪 90 年代以前，这个村口长着一棵高大粗壮的古柳，主干都已中空了，但每到春天依然柳絮飘飘。它站在“高三路”旁，活像那个活了 800 岁的彭祖，慈眉善目，笑迎过往路人。可惜后来遭人纵火，枝干全无，只剩焦炭般的主干，又像极了那黑黑的“敬德”。再后来，连黑木桩也无了踪影，渐渐地人们也不再称此地为大柳树了。但我每次走到这里总会想起它。想起它，那旧日时光便如潮水般漫过我干枯的心田，一种滋润在周身泛起。按照它的年龄，它一定见过年轻的于右任意气风发的样子吧。

周肖村可以称之为三原城的东稍门。三十多年前，从这里一眼就可看见三原火车站的红房子。但今天，这里的格局完全变了。这个改变发生于1992年，这一年陕西省第一条高等级公路“西铜线”贯通；再后来，这条路变成了今天的“G65包茂高速”。而“高三路”即由此南行，以立交桥的形式腾空而起，西行进入三原城。而三原火车站的大红房子也早已淹没在拔地而起的楼群里了。

火车的诞生是人类进入现代社会的一个重要标志。富庶的渭北在20世纪40年代就拥有了一条铁路线——咸铜线。这条铁路是陇海铁路西咸段的一条伸向渭北的支线，1939年开始修建，1941年正式通车。它由咸阳东引出，沿渭河北岸东北行，经长陵、肖家村至毕家崖，溯泾河南岸北行跨泾河，过永乐店达三原，转向东行，经独李村车站跨清河，过大程到阎良站，后即沿漆水河东岸上溯，经富平、庄里到耀县（现铜川市耀州区）站。其间横跨泾河、清峪河、漆水河、石川河四条河流，经过泾阳、三原、富平、耀县、铜川五个县（区）市。

这条铁路线的诞生，主要是因为抗战的需要。当时，抗战进入胶着状态，沿海各省相继沦陷，煤源日趋减少，而沿海工厂纷纷西迁，需煤量猛增，渭北铜川丰富的煤炭资源开发被提上国民政府的抗战工作日程。而正是咸铜铁路的通车，使战时的渭北重现明清时的繁荣景象，泾阳的棉花，三原、富平的小麦，铜川、耀县、富平的小煤矿的煤和石灰石等资源得到大力开发，黄堡的耀州瓷产量和品质也得到了提升。同时黄堡也建了水泥厂和造纸厂，此举在渭北及铜川地区工业基本格局的形成中厥功至伟，有效地改善了陕西工业格局的分布。尽管它是中华民族为抵御外侮的不得已之举，但却让渭北进入现代社会获得了第一次重要的发展机遇。

蒸汽机时代就这样走进了渭北百姓的生活。我家距咸铜线最近的火车站泾阳永乐店火车站的直线距离只有 8 里，距三原火车站的直线距离也就 12 里。每天晚上，尤其当夜深人静，躺在被窝时，在固定的时间点上，那火车的汽笛声就在我耳畔清晰地响起“哐噹，哐噹，呜——哐噹，哐噹，呜——哐噹，哐噹，哐噹——”遥远而清晰地穿过我的耳膜。20

世纪 70 年代，有闹钟的人家还很少，于是有很多人家把早上六到七点间鸣笛发车的火车汽笛声当作孩子上学的闹钟，我母亲就是其中一个，每天早上叫我上学时，就听到她喊那句：碎女子，快起来，火车都叫了。

因为有了火车站，那些地方要比其他地方繁华很多。三原县城自不必说，如永乐、独李两个名不见经传的地方都有一种城市的热闹。那时我常去永乐店，这是泾阳与高陵相邻的一个镇子。只因有一个火车站，这里办有三所省属中专学校，一个是陕西仪祉农校，一个是陕西省交通学校，一个是陕西省水利学校，还有一所省办企业——陕西齿轮厂。尤其是那些学校的存在，为这里带来了无数陌生又年轻的面孔，在 20 世纪 70 年代至 90 年代中后期，使这个镇子充满了生机与活力。那时，我正上初中，几乎每周日我都要到这里来，在镇中心街口有一个新华书店，喜欢读书的我总会钻进书店蹭书看，那本《沈从文小说集》就是在那个书店买的。拿着心爱的书，我便去火车站的小广场看那进出车站的熙攘的旅客和长长的绿皮火车。幻想着自己何时也能坐上它驶向那给自己的人生能带来无限可能的远方。

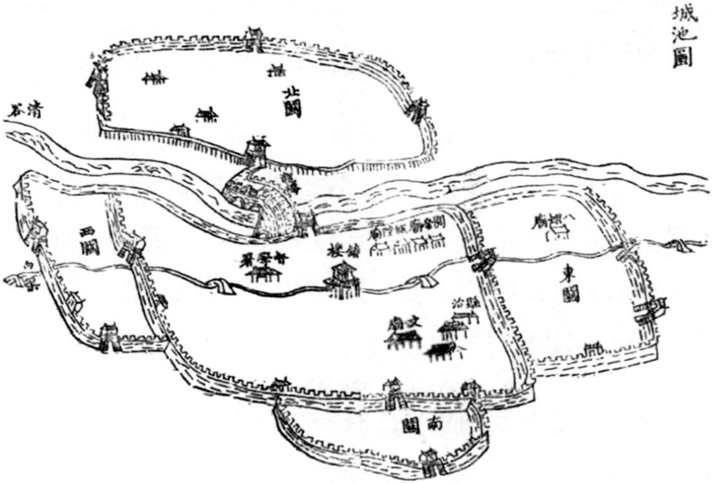

三原老城示意图

“高三路”在越过包茂高速立交桥后，正式进入三原县城。这里之南是高渠乡，之北是三原县城南关。这一带的乡镇名字有一个特点，都跟渠有关系。如：渠岸乡、高渠乡、三渠镇（泾阳县辖）等。显然，这是一个与渠紧密相连的地方。高陵的自然风光里有八景之说，其中“长渠枯柳”便是对渭北水渠风光的描绘。长渠蜿蜒，渠水悠悠，枯柳迎风，田野阡陌，燕子翻飞，农人三两，一派江南水乡之风。那一条一条的干渠、支渠、U 形渠，如渭北大地的血管，从泾河下游的张家山出发，数千年以降滋润渭北这片原野，使这片黄土旱塬成为闻名天下的“天府之国”。

然而，历史的前进总是曲折的，郑国渠、白公渠、唐五渠，这些美丽的长渠，在明清至民初，却因统治者衰弱而渐渐颓废。我们今天看到的泾惠渠、渭惠渠、洛惠渠、梅惠渠和关中灌区的壮观景象得感谢一个人，他就是中国近代著名水利专家和教育家李仪祉。他是渭北蒲城人。

我最初是在我们村老何爷那儿听到这个名字的。那是四十五年前的事了。那时的老何爷都很老了，背有些驼，头发全白了，但说话声音很大，我们小孩子很有些怕他。他是我们村管水的。一到冬春时节，开始冬灌、春灌时，他最忙碌。这个时候，父亲也忙起来了，因为他是生产队长，队里几百亩庄稼地都得他操心。浇地是个累活，因为要一天二十四小时不间断，那时还是大集体，有的社员贪睡不想晚上加班。有一天，父亲和老何爷正在我家说事，村里的一个人来给父亲请假，说能不能让老何爷给泾惠渠管水的说说，让渠水晚上别流，光白天流。老何爷一下子火了，说：“光让白天流？让你黑了睡个美觉？你咋不给李仪祉说，叫他要修这泾惠渠先！人家李仪祉为了啥？人家没吃的？没穿的？人家为修这渠，连命都丢了，知道不知道？不知瞎（音 ha，关中方言‘坏’的意思）好的东西！”后来，老何爷给我们说，李仪祉是个修渠的能人，好人！他参加过泾惠渠修建，那年他 17 岁。他还参加过李仪祉去世的公祭大会。他说，那次公祭大会正开着，日本人的飞机就来了，当时开会的人要好几万人哩，那些头头们让大家快散开，却没有一个人跑。李仪祉，窝（音 wo，指代他）实实是劳死的！

但那时我太小，把老何爷的话，只当故事听而已。再后来，就到了中学时代，因为我常去永乐店的新华书店，我知道了这里有个“陕西仪祉农校”，但我依然把此仪祉与彼仪祉未联系起来。

直到我在知天命之年，以游玩的名义站在泾阳的郑国渠首景区，看泾水滔滔东来，古渠清水悠悠，望渭北沃野平畴，方悟到秦川自古灵地，皆为历代人杰之功呢。如果说郑国、白公、刘（仁师）公，为古代渭北水利作出了奠基性的贡献，那么李仪祉的贡献在于他用自己的智慧与勤勉扎实的努力，彻底解决了渭北乃至整个关中地区水利灌溉的所有问题。

我在读关于他的史料时，被这个渭北人杰深深震撼。他出身书香门第，乃蒲城大户公子，天赋异禀，才华横溢。1904年，他和哥哥李约祉同时考上京师大学堂预科（北京大学前身）德文班。1909年，又留学德国柏林皇家工程大学土木工程科。他的父亲李桐轩，是早期同盟会会员，民国陕西修史局总纂、省长署顾问、省政府顾问，全国语音统一会会员，西安易俗社创立者之一，兼第一任社长。他的伯父李异材，是一位数学家，曾任川汉铁路工程师、同盟会陕西分会会长。这样的家世，这样的家传，这样的才干，用今天的话说，那咋也是一个名门望族的高富帅之类。那“北上广”的“象牙塔”，那国民政府的各大衙门于他早就是熟门熟路。而他非但未被奢侈与富贵诱惑，耽于荣华与享受，反而更加勠力勤奋，苦学本领，而报效桑梓。当他听说国内爆发辛亥革命，就毅然停止在德国的学业，回国参加革命；他为节省国家留学经费，只学知识，不考学位；为了修渠，他宁愿辞掉国官而做省官；创办了我国第一所水利工程高等学府——南京河海工程专门学校和多所院校，为国家培养了一大批水利人才；倡导和修建了陕西的泾惠渠等水利工程，树立起现代灌溉工程样板，使陕西百万亩农田旱涝保收，造福后代；他主张治理黄河要上中下游并重，把我国治理黄河的理论和方略向前推进了一大步，治黄导淮，整治运河，贡献卓著，被誉为“一代水圣”，渭北老百姓称他为“活龙王”。于右任为其陵墓撰写的挽联是：殊功早入河渠志，遗宅仍规水竹居。

而李仪祉和于右任都毕业于三原宏道书院。我突然对那个宏道书院仰视起来，它有着怎样膏腴的土壤啊，竟孕育出如此国之栋梁！

清光绪三十年（1904），当李仪祉和哥哥李约祉一同考入京师大学堂时，他的父亲李桐轩曾作诗六首相送，诗中有云：“唯华人兮神明胄，不可奴兮不可虏。”“人生自古谁无死，死于愚弱最可耻。”如今富庶的渭北，正是因为他们百年前的血汗与生命的付出所至。关中人在泾惠渠社树分水闸后的张家山为李仪祉修建了陵墓（泾阳县王桥乡寺背后村），墓园前是陕西省水利博物馆所在地。

我特意走南关老街，这是我小时候上三原常走的路。那时路两边人家的房子虽也一家挨着一家，但并不高大，如今楼房林立，竟有遮天蔽日之感。昔日曾经觉得很宽的道，突然显得很拘狭。路上人很多，各种交通工具驰行其上，三轮摩托车，四轮农用车，私家车，小卡车，还有如我骑自行车的。正骑着，前面竟发生了拥堵，正在纳闷，“呜——”一声火车汽笛声响起，原来到三原火车站铁路道口了。一列拉煤的火车，正“哐噹，哐噹——”缓缓驶过，而道口的警铃声也发出急促的“当，当，当，当——”的响声。一瞬间，时光仿佛倒流，我好像一下子突然看见了那个 8 岁的我，12 岁的我，就站在这个道口，在隆隆的火车声、汽笛声里，一脸兴奋的样子。是的，能看见一次火车，那是我小时候上三原县城时最大的愿望了，但大多数时间经过道口时都是安静的，我只能站在空荡的铁道边，伸长脖子眺望那铁轨如蛇般伸向不可知的远方，想象着一列火车疾驰而至，那是我渴望飞翔的年龄，而火车风驰电掣般的速度总能让我激情澎湃。

百年树人，渭北名校

随着车流我推车走过铁路道口，右拐进入南环路，路北就是远近闻名的三原南郊中学。我停下自行车，站在学校大门口，朝学校里面张望。这已经成了我每经此处的习惯动作。从我上高中起，只要我来三原，从它门前过，我总会停下来看一眼它。因为它在渭北，甚至陕西，名气太大了。遗憾的是我的家在高陵，属西安管辖，而它在三原，属咸阳管辖，而且这个区域划分正好是我考上高中那一年——1983 年 5 月。在此之前，高陵属咸阳专区管辖。南郊中学的声誉在渭北学生心中是神一般的存在，谁能进“南郊”就读，那谁也就很“神气”了，因为它的教学水平太高了。

这都缘于 1978 年的高考，就是那次高考，南郊中学一次上线了七个学生。因为众所周知的原因，中国在此时间节点之前有十年大学没有招生。而 1977 年恢复高考的第一次考试，参加考试的主要以“老三届”学生为主。我记得很清楚，那年我们湾子公社考上两个大学生，一个是民办教师，一个是已成家了的生产队长。到了 1978 年，第二次全国高考，参加高考的就以当年的高中应届生为主了，而那些所谓的应届生的战况可想而知，大部分学校“剃了光头”，但南郊中学却出现了奇迹，一下子考上七个大学生，而且这七个人是正宗渭北土著，不像如今的名校把全省的尖子生都掐到他们学校，以此来打肿脸充胖子。能让这七个农家子弟脱颖而出的正是南郊中学那些让人敬慕的老师们，他们深厚的学养，他们严格认真的执教。

能到这样的高中读书就等于一脚踏进大学的大门。我的一个初中同学，因他父亲在三原工作的缘故而有幸上了“南

郊”，最后他就考上了北大，至今他都是我们这届同学津津乐道的话题。我们家无此人脉，那种羡慕嫉妒曾长久郁于心头无法排解，又无可奈何。所以，每当我来到三原，走过它的门前，就不由自主地向里面张望，但直到今天，我都从未走进这扇大门。

此刻，我又站在了这所学校门前，三十年前的那种怅惘之感竟不由自主地从心底泛起。与三十多年前相比，学校大门已换成自动伸缩门了，有三三两两的学生出出进进。在校门内正对大门处，一座于右任先生高大的石雕塑像傲然挺立。教学楼顶悬挂着“成长报国”的标语牌。然而，我真正了解这所学校却是在写这篇文章之前，在搜集关于于右任的生平资料的时候，我才知道三原南郊中学竟然是于右任倡建的，它的原名叫“渭北中学”。

由此我也才知道，陕西的近现代教育发展，于右任先生应居头功。除了之初的上海复旦大学、中国公学和四川岳池县新三中学外，从 1917 年开始，他的办学足迹主要以三秦大地为主。他创建了（三原西关）民治小学和民治中学、（三原南郊）渭北中学、三原工职；（泾阳杨府村）宗海小学校、

（泾阳云阳镇）思恭小学校、（泾阳县城）泾干中学；（西安）中山军事学校、中山学院、渭北师范、地方自治讲习所和西北农林专科学校。南郊中学（原名渭北中学）是于右任先生任陕西靖国军总司令时创办的。当时的靖国军司令部就设在今天三原城北东里村的李靖故居内。于右任先生一直认为“民穷先废学”“庙破竟无僧”。所以，他一定要“以百年树人之计，植民族复兴之基”，以“兴学”而“救国”。为此，他在靖国军里专设了“教育处”，在戎马倥偬之机，选建校舍，购置设备，聘请老师，筹措经费。他还要求其部属也在自己的家乡大兴办学之风，但有一条禁令：不许大家以自己姓名命学校名称。至此，泾阳、富平、淳化、凤翔、蒲城、临潼北部诸地相继办学成风，涌现出了辅仁、立诚、尧山、咸林等一批渭北名校。这些学校的兴办成就了无数农家子弟、有志青年的人生梦想。仅南郊中学在100年间就走出了习仲勋、张殿林、张彦仲、雷阳、刘自椟、谢德萍、达道安等大批杰出人物，其中不乏革命家、书法家、自然科学家。

沿南环路东行左拐，进入秦桐街，这里是南郊中学的东大门所在街区，也是清末陕西省提学使衙所在地。再往前到三原医院十字，这个十字之北是人民银行大街，之东是宴友思大街，陕西省水利厅泾惠渠管理局就设在这个大街上，也就是当年李仪祉开始主持修建泾惠渠时成立的机构，成立时间是 1934 年 1 月，主要承担着泾惠渠灌区咸阳、西安、渭南三市 146.5 万亩农田灌溉任务。之西便是池阳大街。

池阳，是三原县的古称。我对这个词有一种莫名的好感。也许它饱含着水气，充满了阳光，总让人有一种生机勃勃之感，又抑或是它悠久的历史，给人一种无限的遐想。

三原之谓，因境内有西原（又称七里原）、中原（又称新兴原）和东原（又称陵前原）而得名。像中国所有古老的县城一样，从北魏太平真君七年（446），撤三原护军，置三原县起，至今，三原也有一千五百多年的历史了。而池阳之名的存在也已有八百多年呢。中国人有浓重的恋旧情结，这是祖先崇拜形成的一种独特的文化心理。于是，在“月亮在那白莲花般的云朵里穿行”的晚上，一代一代的人们在“听妈妈讲那过去的故事”。池阳，也就这样一直只活在这里百姓的口耳之间。

直到 20 世纪的 1990 年，在三原城北嵯峨乡的天井岸村，考古队发现了那个紧邻村子的巨大“天井”，原来是《汉书·地理志》中记载的“天齐祠”。这座“天井”是一个巨型圆坑，好像是大地的肚脐眼，所以被称为“天齐祠”。天齐，乃“天之脐”之谓。1992 年 4 月 20 日，这座“天齐祠”与周围的汉代礼制建筑遗址，一起被公布为陕西省重点文物保护单位，并且统一命名为“池阳宫遗址”。

这座宫殿位于汉长安城北面，地处通往甘泉宫（淳化北）的交通要道，乃汉武帝时期非常著名的一座行宫。除此之外，从天齐祠向南，依次为清峪河大回转、汉长陵、汉长安城、子午谷，形成一条长达 74 公里的南北向的超长建筑基线。这是一个令今天的人们无法想象的宏大建筑构想，在它的背后是秦汉雄风的霸气张扬。由此往北直连淳化甘泉宫，这里就是“秦驰道”的起始点，是秦汉时期王朝北部的前哨阵地。据记载，汉武帝每年的五月至八月到甘泉宫避暑、校猎，避暑期间，皇帝还在此处理政务（如受郡国上计），接受诸王侯朝觐，特别是处理藩务，宴享外国宾客，派遣使节出塞。如张骞出使西域，就是从这里出发。汉宣帝接受匈奴单于和蛮夷君长朝觐，也在此处。甘泉宫是汉代最重要的祭祀中心，而池阳宫是重要的离宫。至此，关于池阳的传说终于不再虚妄，那些散落在嵯峨山涧的红色碎瓦，一夜间变成了珍贵的

“秦砖汉瓦”。也就是由此时起，三原城里这条大街有了一个响亮的名字——池阳大街。

已是中午时分，我准备去油坊道吃一碗搅团。油坊道是由医院十字向西北方向伸向主城区的一条小巷子，是三原从明清以来就存在的一条古街，因最早是榨油坊所在地而得名。油坊道是三原有名的小吃街，至少在二十多年前，这条街很是热闹，各种小吃令人香津满口。每次到三原，必上油坊道，最有名的锅盔牙子、千层油塔、泡泡油糕、凉皮、凉粉等等。近些年，县城重新布局，西关小吃城，各种饭馆、酒店的出现，这里渐渐已失去了往日的热闹，但还有个别特色饭馆坚守在此，令人欣慰。这条街不到 2 公里长，由东南而西北直达县政府街西大转盘，那里是三原县城的中心区域。这里如河流之源，多条街巷仿佛河的支流一般由此向四面八方延伸，油坊道就是其中之一。在转盘的南面有电影院，北面有书店、体育运动中心，政府商业街贯通东西。以前我每到三原，常常是在油坊道吃个心仪已久的美食，再去看场电影，然后买本书，再到商业街上挤挤，看看，享受市井的温暖。

如今这里冷清多了，我走进南街口东侧的一间小饭馆，要了一份搅团。这种吃食是关中特有的，其原料是玉米。关中是玉米的主产区，玉米质硬，味甘香，可磨成粒，也可磨成面，粒可做粥，面可做饼。最常见的就是搅团（亦称“水围城”），但搅团并不易做。首先，火候要掌控好，要不软不硬；其次，面糊要不稀不稠。过去农村的土锅灶烧的是柴草，这种火软，但没耐性，须一个人慢添柴，火不断，另一个人在灶上锅里不停搅动面糊，直到成为软硬合适的一团。二人若配合不好，或一个人做，常常会做糊，一旦糊锅，那种焦臭就会毁了一锅饭；如果配合得好，把搅团盛到碗里，浇上韭菜酸汤，调上油泼辣子，用筷子夹上一块金黄的面团，送到口边，这时一种辛辣酸爽的滋味一下子会让你口舌生津，味蕾欢乐。然而，它毕竟是一种纯粗粮饭食，吃多了不好消化，而且玉米的糖分过多，常会使人胃里泛酸。随着近四十年百姓生活水平的提高，这种吃食渐渐退出了农家的饭桌。时下，当营养过剩的人们再次吃腻味了精白面粉时，搅团又被请回了人们的餐桌，甚至成了很多大饭店的招牌菜。

这个店面很小，里面摆满了桌子，而且布局不太有章法，但搅团很好吃，它有三种做法：一是臊子汤，二是纯酸汤，三是油泼辣子凉拌。后一种已成很多饭店的一道特色菜。它是将做好的搅团盛出，晾凉，然后切成小块，用葱姜蒜红辣椒面与一种熬制的调和水进行调制，做成一盘色香味俱全的凉拌下酒菜，深受当下食客们的喜爱。我喜欢吃酸汤的水围城。尤其刚出锅的搅团，软糯适当，酸汤纯粹，一会就吃得人头上冒汗，涕泪欲出，很是爽气！只是不很雅观。好在这种路边小食店，短衣帮居多，自有一种随意和自在。

三原是渭北的美食之乡，这早已是坊间不争的事实。仅有准确传承的人或地方的特色小吃就有十多种，如羊肝夹馍、窝窝面、笼笼肉、疙瘩面、南点心、葫芦鸡（香酥鸡）、清蒸猴头菇、白封肉、干煸鳝鱼、生煨鱿鱼、绿豆糕、蓼花糖、泡泡油糕、千层油塔等。光看这些吃食的名字就让人胃口大开。小时候过年时，最盼望的就是三原独李镇的四外公和大姨妈家的大表哥来我们家“出门”（关中人春节走亲戚），因为他们的礼品中总有一些新奇的食品，如南点心、蓼花糖等。

于右任身上有许多名号，国民党元老、书法家、记者、报人、诗人等，其实他还是个美食家。有一次，他约几个朋友到家里吃饭，亲自下厨做了一道菜。酒酣耳热之际，他神秘地告诉大家："今天我下厨做了一道别致的菜，火候已到，请大家品尝。"不一会儿，厨师将菜端上，原来是一只大砂锅。揭开盖来，香气扑鼻，锅里炖着一条鲜鱼和一只羊腿。这道菜的确味美。它集羊鲜与鱼鲜于一体，肉质酥而不烂，入口鲜美异常，汤汁乳白如牛乳，可口至极。大家纷纷称赞能将水里长的鱼和陆地生的羊如此烹制佳肴，可算是于先生的独创。他却说："哪里哪里，这原是一种古老的吃法，一般书上都写得有，算不上什么独创。" 众人迷惑不解， 他吩咐家人取来笔墨纸砚，然后离席挥毫，在纸上写下一个大大的"鲜"字。书毕，于右任放声大笑："古人造字'鲜'，不就是鱼和羊合成的吗？" 这个故事太有于氏风采了，也只有他能做出如此美食。因为这是美丽的汉字给一个书法家的独特的美食灵感。

三原最有名的酒楼叫"明德亭"，而"明德亭"这个金字招牌就是于右任在吃了这里的"辣子煨鱿鱼"后即兴挥毫的作品。那"肥而舒"的于体书风，一直是家乡的一道风景。

古城老桥，清河公园

一碗酸汤搅团下肚，骑行的疲累一扫而光。出了饭馆，我推着自行车慢慢向油坊道北口走。街上人不多，时有私家车从身边慢行而过。没有拥挤，没有喧闹，在有些路段甚至前无来者，后无去者，只有自己的脚步声相随相跟。已是正午时分，太阳光泄满了街巷和两侧房屋的墙壁，四周显得异常明亮，甚至有些晃眼。我抬起头看见一片窄而高的天空，灰蓝深邃，想来这一路人流熙攘，而这里却隐藏着一份如此难得的宁静呢！油坊道北口是三原城的中心区域，由此右拐，沿政府街东行左拐，很快我便到了三原城东清河上的临履大桥。

这座桥最早仅是用数根原木横担河之南北，简陋与危险可想而知。20 世纪 70 年代虽扩建成水泥平桥，但桥高未变，人过桥时须沿两侧高高的河岸塬坡而下，仅坡长就近 2 公里，坡度 30° 左右。泾阳籍著名作家白描，在他的回忆文章里，曾写道：

临履坡是三原城北清河上的一面大坡。清河自西向东穿过建于明代的石磨盘龙桥，再往东就是临履坡，坡底建有一座水泥桥。清河河床在这里很深。每年腊月，三原县城的“腊八会”，就在龙桥和临履桥之间的南岸举办。我小时候逛“腊八会”，曾站在岸边往下看，只觉得头晕目眩，行走在龙桥和临履桥上的人看上去就是个小黑点。

现如今这座桥经过重新改造，并行两座桥，与南北河岸持平，双向四车道，长达百余米，宽约二十米，两边有人行道和护栏杆，属于现代化钢筋混凝土构造。

我一直羡慕住在河边的人，南方的水乡更不用说。我出生在北方，虽然关中道上有渭水，有泾河，而我出生的村庄却距它们很远，远到我几乎不知道它们的存在。我第一次看见河流已是 18 岁以后的事了。年轻时也渴望北上广，喜欢那大街上的川流不息，喜欢夜色里的灯红酒绿，甚至那里的红男绿女，但后来当半生的风雨淋透我的身心，我发现拥有一座小城才是真正的惬意人生。如果这座城有浅山，有小河，有曲径通幽的古巷，那就更好。三原城就是这样一座城。一条小河，清流缓缓，水流淙淙，自西北而东南，穿城而过，河之北，嵯峨山，陵前原，即在眼前，原峁沟梁，远山淡影；

河之南，古城老街，人流熙熙，市井攘攘，世俗温暖。

这里正如我所愿的修了一个公园——清河公园。站在临履桥的人行道中央西望，清河公园尽在眼底。这个公园印象中是 20 世纪 90 年代初修建的。这在当时的渭北诸县是开了先河的。后来我在读《三原县历史大事记》时方知渭北最早的公园其实是三原县“南关公园”，早在 20 世纪的 1935 年就修成了，于右任还亲自题写了“城南公园”的门牌。公园，或更文雅些称园林，它更多地凝聚了当时当地人们对正在或未来生存空间的一种审美向往。审美这种东西，一直是人类“仓廪实”之后的事情。中国自古南方为“鱼米之乡”，富庶之地，私家园林遍地。而北方大地，虽地阔土厚，但却风高霜冷，地瘠膏薄，民生维艰，所谓的园林也只是隐于财富聚集的大城市里，供少数有闲有钱人把玩休闲。小县城顶多修个广场，或体育运动场，供百姓娱乐而已。所以，三原清河公园的诞生无疑成了渭北地面上的一道风景，尤其是在 20 世纪 90 年代之初的泾三高。至今我都记得，一到周末，我们骑着摩托带着儿子从高陵县城到清河公园玩的情景。那时公园里的游乐场很多，射击的，射箭的，还有诸葛八卦阵，等等，很有趣。更重要的是亲近河流，亲近自然的那种放松与自在。

如今三十年过去了，眼前的清河公园也已旧貌换新颜，且还有了一个更贴切的名字——三原县清河湿地公园。在高高的南北河岸下面，沿主河道两侧的河滩上，新修的公园观光道路曲折蜿蜒向前延伸着，与更远处那座斜拉索式吊桥融为一体，远远的仿佛两只手正在温柔地弹拨着那把巨大的竖琴，而西斜的太阳正在吊桥之巅，仿佛一盏光华四射的巨大的明灯，使河流、道路、桥梁和南北两岸密集的楼群骤然明亮起来。

那座远远的吊桥就是著名的新龙桥，在它的肚腹之下，那座温尚书的三眼石拱桥赫然在目。从我脚下的临履桥至龙桥之间是清河公园的核心地带，此处河床与河岸有将近 50 米的落差。而路两边的河滩因地制宜，形成一片一片规整的林带，各色花木种植其上。尤为可喜的是流淌其间的清河，波光荡漾，清澈丰润，竟无一点冬日的憔悴。

三原北城，宏道书院

过了临履桥就进入了三原北城。三原县治自元朝至元二十四年（1287）迁于龙桥镇（今县城）后，真正的三原主城区便逐渐在此形成。清河是三原地理结构中的重要标志，这条源于照金之西的河流，翻山越岭，一路向东，在三原老城之北大力下切，深深的河床使南北两岸突兀陡峭，气象森然。由此，整个三原城以河为界，形成南北二城。河之南，为四十里塬坡的平原地带；河之北，则进入北部带状起伏的台塬地带。站在清河南岸北望，带状的台塬使河岸高高隆起，尤其在老龙桥、老临履桥时代，人们过河须下到河底，穿过紧贴河床的桥梁。每每其时，旅行者常有行走深山峡谷之感。至少在四十年前，清河两岸的景象都是如此。但近四十年，随着西面的新龙桥和东面的新临履桥和池阳桥的贯通，这些与两岸齐平的高高的桥梁，不仅大大方便了人们的出行，更让三原南北二城融为一体，而便捷的交通使北岸发生了巨大的变化，高高的黄土台塬上一栋栋高楼大厦，一座座居民小区陆续建成，宽阔的柏油马路环绕其间，一座新城拔地而起。

我沿着临履桥的方向继续北行，约 1 公里后左拐，进入了北城社区。社区里楼高屋密，道路错综，犹入迷宫，正在“山重水复疑无路”之际，道路右转之后，一条宽阔的大道令眼前豁然开朗，头顶蓝天高远，四周几无遮拦。再细看，此道之南竟是深深的清河，深深的河谷再次铺展于我的眼前，而我已站在了清河高高的北岸之上。

北城虽然不是三原的主城区，但它于三原，甚至渭北，抑或整个陕西而言，都是一个独特的存在。这里有关中最著名的书院——宏道书院；有渭北唯一的私家园林——李靖故居（东里花园）；有渭北最早的女校——三原北城女子中学（北城中学前身）；有陕西最早的工业技工学校（北城中学前身）。于右任就是在这里度过了他激情似火的青春时光。一百多年前，他和他的老师们、同学们，在这道渭北高高的河岸上，纵情长啸，那嘹亮的声音仿佛雄鸡的一声长鸣，从此，徘徊在暗夜里的近代陕西迎来了新时代的一道曙光。

我停住车子，站立河岸，面向南方，脚下河谷蜿蜒，清流缓缓，斜阳老树，满目霞光。我伸开双臂，贪婪地呼吸着。那沉寂在线装书里的渭北荣光与这里的山川风物瞬间融合，使我顿感神清气爽。

在我的身后正是那所驰名渭北的北城中学，而我一路寻觅的“三原宏道书院”据说就在这里。春节将至，学校的大门紧锁着，一个保安坐在传达室门口的椅子上，显得很悠闲。我朝学校里面望着，那个保安却一下警觉起来，把头转向我，一脸疑问。

“宏道书院在这儿吗？”我问。

“朝前走，西边那个门。”保安很简洁地答道。

看来宏道书院终于被单独保护起来了。我心底竟暖了一下，一个伟大的民族就必须不断地向自己的历史致敬，保护更是义不容辞。那些前人的足迹，智慧结晶的载体，不能只留在线装书里。虽然历史烟云云谲波诡，前行道路常多波折，但哪怕只剩几页残片，一个地基呢，后人也能因此触摸到祖先曾经的细腻或粗糙，从中获取前行的体悟。好在我们正处在一个伟大的时代，人们正在不遗余力地捡拾着这片大地上曾经的精神繁华。

前行大约 100 多米，路北侧四块石碑引起我的注意。原

来这是历年来政府对“宏道书院”进行保护的“遗址纪念碑石”。按时间的顺序从西向东，第一块石碑是 1992 年三原县政府所立，碑上刻着宏道书院的文物级别、诞生年代、立碑时间等，碑面曾经的黑漆已大部分脱落，而且这种脱落并非自然风化，更像有人故意用钝器摩擦所致，也许它最早并不在这个位置，是后来搬动拖移时与地面摩擦造成的，也未可知，只是这一身的创伤使刻在其上的文字斑驳漫漶，满目沧桑；第二块碑是 2007 年宏道书院被陕西省政府定为陕西省重点文物保护单位时所立；第三块碑是 2015 年宏道书院

被定为全国第七批重点文物保护单位时陕西省政府所立；第四块碑是 2018 年宏道书院被定为全国重点文物保护单位时陕西省政府所立，这块碑是一块汉白玉大理石材质，石质温润细腻，通体爽洁，隶体刻字着色殷红，立在道边很是醒目。1992，2007，2015，2018，这是一组由远及近的年份变化的数字，也是一组文物升级保护的记录，仅此已让人读到宏道书院的别样自豪。

另据悉，2019 年，宏道书院入选第四批“中国 20 世纪建筑遗产名录”。

四块石碑之西，就是宏道书院的正大门了。大门里，正前方，那栋著名的日式风格的红砖教学楼安静地屹立在西斜的冬阳里，如一位身着老式西装的斯文老人，满目沧桑又一身儒雅。只是大门上锁，我有些失望。只好远远地站着，与其四目相对，望着这个已五百二十六年的院落，一种神圣与肃穆从心底升起。

我有些不甘心地摇了摇高高的铁栅栏门，一个年轻女人竟应声从侧面的传达室走出来。原来是这里的工作人员。

“放假了，都关门了。”她面带笑容地说道。

“能让我进去看看吗？”我有些祈求地问道。

她边开门边说：“那进来吧！这会儿也没人，大老远来了么……”

我连声道谢，随她走了进去。

其实三原最早的学校是位于南城西关山西街的学古书院。它是元朝延祐七年（1320），三原人李子敬出资 5 万贯钱创建的。这个书院虽历经元、明、清三朝，有七百年的历史，但总是时兴时废，所行不远。而迟其一百七十四年兴建的宏道书院，却渊深龙腾，清气环绕，声名远播。尤其清末民初之际，此地肱股黄钟，浩荡而出，震动西北，如颗颗明星映照华夏暗夜长天。难道是学古之初委身过狭，还是宏道本自居庙堂之高？天风地雨，世事流转，个中缘由岂是一语安能道尽哉！

公元 1494 年，明弘治七年，兵部尚书王恕致仕归里，回到他的家乡三原。孝顺的三儿子王承裕也随即告假回乡侍候父亲。这是一个官员寻常的告老还乡，但归乡之后的王恕却并未得其清闲，那些地方学子，桑梓故友，常来求教学问，切磋学术，有时竟络绎不绝。开始他在北城永清坊普照寺废院接待他们，但渐渐地，此地已不能满足所用，于是办学乡里的想法开始萌生。王恕将办学之事交予季子王承裕，这个聪慧、勤勉、忠厚、踏实的新晋进士集思广益，募集善款，很快就建成了一座“三进”书院——弘道学院。后因避讳皇帝弘历之名改为“宏道书院”。

我曾读过明朝陕西督学王云凤写的《弘道书院记》，对这座弘道书院曾经的仪容有深刻的记忆：

外为缭垣门，曰“仰高”，以对南山仰止也。重门曰“恭敬”。内为小垣三，其门曰“中立”。中立门内，为“弘道堂”，后为“考经堂”，又后为“春光亭”。弘道堂之东荣为庖，西为库堂。前东、西建学舍各十楹。考经堂前东为“清风轩”，西为“明月庵”，门曰“忠孝堂”。稍后东北隅为“清峪草堂”，西北隅为“嵯峨山房”。草堂之门曰“卧云”，山房之门曰“立雪”。其学舍东曰“逊志”，西曰“省身”。草堂前甃石池涤砚，久之，墨凝池面，若乌云，曰“云沼”。

这是一段让人浮想联翩的文字。它不像是在描述一个书院，更像是在展示一幅中国水墨山水画。尤其那每一进院落的命名，每一个名字都妙不可言。“仰高”“恭敬”“中立”“弘道堂”“考经堂”“春光亭”“清风轩”“明月庵”“忠孝堂”“清峪草堂”“嵯峨山房”“卧云”“立雪”“逊志”“省身”“云沼”，仅读着这些词汇，我的眼前就已整齐肃穆，就已明月清辉，就已阳光明媚，就已山川邈远，就已落雪无声，就已壮志凌云！这是一个姿态多么雍容，气象多么威仪，意境多么诗意的妙可之境啊！这样的书院怎能不令八方学子

宏道书院示意图

神往！

在这如诗如画之境里，一群青春的人儿在此问道，他们凝神聆听另一群智者的大道之音。他们仰南山之高，濯清峪之水，卧云，立雪，逊志，省身，令人何其艳羡！而这弘道之地更以其严谨的校训，科学的教法，务实而高韬的学习内容，使慕名学子如虎添翼，鹏程万里。这一切皆得益于王恕父子的睿智高才与端毅无私。正是他们让宏道书院的学术水平成为明清之际中国思想的一座高山，引出了关学的一大流脉——三原之学，也形成了宏道书院刚健勇毅、敢为天下先的办学精神。那真是一个让我们后学晚辈仰之弥高的时代，王恕父子二人以巨臂力挽张载关学的将颓之势，把关学之核楔进宏道书院的砥柱大梁。

关学从北宋张载始，经元一朝仅有高陵杨氏三贤的勠力传承，其势渐衰。然而至明弘治年间时，宏道书院一出，其势再次上扬。那是一个中国历史上“资本”开始萌生的时代，人们弃农从商，弃儒从商；人们追求物质，崇尚奢靡，是非颠倒，道德渐失，欢场酒肆到处都是“金瓶梅”的身影，到处在上演“三言二拍”的桥段。泱泱大明奢侈污浊之气渐浓。

值此之时，有识之士，夙夜忧思，尤生于十三代王朝的关中学者更有“长此以往，国将不国”之焦虑。他们北望黄陵，长叹先秦，怅惘汉唐，追思大宋，聚乡间草舍，论国之大事。在宏道书院，王恕父子以“父子亲，君臣义，夫妇顺，长幼序，朋友信”的儒教当作学习的核心内容，把“博学、审问、慎思、明辨、笃行”作为办学的宗旨，形成了“崇实尚信，经世治国，标守儒学，躬行礼教”的传统学风。一时之间，西北英才齐聚门下。

这是一个令历史侧目的景象：一个偏远的处在黄土沟壑、山瘠水贫的地方，却滋养着一个书院，让其存续了五百年，硬生生从黑暗的中世纪踏进了 20 世纪的新时代。她就如一个丰腴善养的母亲，养育出了一代一代的时代精英。尤为重要的是，正是她的努力，为关学在明末清初的再次复兴攒足了资本。万历三十九年（1611）冬天，冯从吾到三原讲学，他率领数十门人一同拜谒了王恕、王承裕、马理、张原（1473—1524）、温纯（1539—1607）的祠墓。彼时关中书院正式建成开馆只有两年，而宏道书院已存续一百一十七年矣。

故此，今关学精神之立于世，宏道书院有深厚的奠基之功。

正因此，清康熙六十一年（1722），陕甘总督年羹尧专折呈准朝廷，将陕西学台从西安迁至三原县城。从此，三原县成为当时陕甘两省（含今青海省和宁夏回族自治区）的教育中心。全省每年的乡试也都在三原举行。从此，三原教育由地域性走向全省，西北学子也借此走向外部更大的世界。

此刻是公元2019年1月22日，午后三点二十分，我终于走进了宏道书院。天高云淡，阳光温暖，女管理员笑容灿烂。我环顾四周，脚步轻轻，呼吸深深。如今的院落里也只有眼前的日式教学楼了。这栋楼建于1910年前后，那时的宏道书院已改名为宏道高等学堂，是彼时陕西唯一的一个高等院校。

这栋日式教学楼是日本人设计的，半封闭的口字形二层砖木结构楼，融汇了中日建筑元素，青砖简净，木门厚重，而门窗的样式则为中国北方窑洞风格，古朴亲切，和渭北地理山川之象极为融合。整栋楼坐北向南，中间为南向敞开，形成一个四方院子，东楼、西楼、北楼有楼门通往院子，北楼门为大楼正门，楼门两侧两株凌霄屈曲缠绕直达二楼窗户，只是正值冬季，凌霄叶子尽落，只剩嶙峋枯枝悬于青砖楼体

之上，枝枝蔓蔓，写满一墙沧桑。

“这凌霄还活着吗？”我问女管理员道。

“活着呢，就它跟这楼年龄一样大哩！一些北京、上海的专家来都专门要和它照相呢！”女管理员很是健谈。

“这锁能打开吗？”我趴在锁着的北楼门上向里望着，试探着问。

“唉，都进来了，干脆就让你看一下……”她竟很是爽

快地打开了楼门。我心下有点惊异，有点感激，甚至有些生怕她反悔又不让我进去看似的，紧随其后走进了大楼。这个楼门直通楼后，门厅两侧的青砖墙白灰勾勒的砖缝并不陈旧，西墙上镶有一块碑石。碑文是“陕西省立三原初级工业职业学校重修被焚楼教室记略”，落款时间是“中华民国二十七年五月九日立石”字样，但字迹有些漫漶，那个落款时间看不太清楚。

随后出到楼后，高高的院墙直立眼前，墙基竟是由一块

一块的石碑筑成，这些石碑就是书院的历史，书院五百年间的修缮、添置、扩充或缩小，都可在这些石头上找到踪迹。

“楼上面有两个展厅,但一直没咋开放,你可以上去看看。”

我简直爱死这个女管理员了，但内心里仍怕她反悔，讨好般地应着她，压抑着心里的兴奋，随着她往楼上走。楼梯很窄，铺着木地板，空间幽闭，走在上面便发出“吱，吱”的响声，上得楼来，一条长长的东西方向的走廊从眼前伸向远处,因为窗帘的遮蔽,走廊很是幽暗。走廊的左手边有窗户,

右手边是一间一间的办公室，门向北开，展厅便是其中两间。四周很静，只听得女管理员开锁的声音。

“这里有两个展厅，一个是书院的历史展，一个是书院图书馆模型展，可能是经费的问题，一直没弄完，也就没正式开放，不过有些北京的、外国的人来看，他们都懂，说这个地方很厉害，我也不懂，只给他们开个门。”女管理员絮絮地说着，打开了第一个展厅的门，我紧随着她，只管应着她的话。她随手打开展厅的灯，在灯光亮起来的一瞬间，我

被眼前的情景一下子惊住了。那是一个巨大的照片墙，上面贴满了一张张、一幅幅大小不一的照片，每一个人都是如雷贯耳：吕柟、康海、温纯、来复、白遇道、宋伯鲁、李桐轩、范紫东、吴宓、李元鼎、于右任、茹欲立、李仪祉。这是一个多么华丽的五百年的历史记忆啊！

我仰望着这一墙的繁华，从王恕、王承裕，一直到刘自椟；从宏道书院，一直到宏道工业学堂！因了它的存在，20世纪上半叶，这里又衍生出陕西省立第一甲种工业学校、陕西省第三职业学校、陕西水利学校、三原女子中学、三原县教师进修学校、三原北城中学。而 1933 年 1 月创办的三原女中就是时任中华民国监察院院长于右任一手促成的。

我小时候生活的渭北小村子，识字的人很少，有几个也都是以男人为主，但有两个女人例外，那就是吴嫂与刘婶。因为她们都是从三原城嫁到我们村的。尤其那个吴嫂，高挑个，长圆脸，两根大辫子长及腰身，走路如水上漂一样，是村街上最亮丽的风景。而更让人惊异的是，她是三原女中毕业的。我曾亲耳听她背诵《岳阳楼记》中的句子。刘婶年龄大，但她也是三原女中毕业的。两个识字的女人在我们那村子简直是神一般的存在，受到大家的尊敬。那是 20 世纪 70 年代初期，后来，他们的儿女也是我们村最早考上大学的人。也是从那时起，三原北城便已走进我的心里。只是那时的我并不知道这里还有一所更加让人景仰的宏道书院。

于右任是 1898 年进入宏道书院学习的。

在此之前，1895 年，他以岁考第一名，成为秀才。由于优秀的学业成绩，使他在求学的毛班香私塾获得了“塾中功课可由他取书自阅，塾师只在质疑时为之讲解”的自主学习权利，其后的两年时间里，他几乎读遍了私塾里的所有藏书。此时正好三原来了两位传教士莫安仁和敦崇礼，他们带来新书，他借得《万国公报》《万国通鉴》等。大量的阅读打开了少年于右任的视野，也初步接触了民主思想，他开始思考自己的人生走向。而此时的渭北有号称“南康北刘”的刘古愚所办的倡导新学的崇实书院，他们的格致（理、化）、制造等课程对立志实业报国的于右任产生了极大的吸引力。

1897 年，于右任 19 岁，离开了求学十年的毛班香私塾，

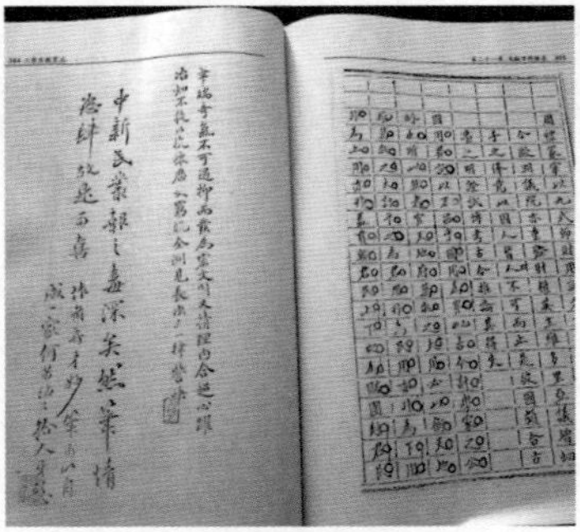

于右任试卷影印

慕名到泾阳崇实书院，成为维新派著名学者刘古愚的学生。但仅仅一年之后，1898 年，戊戌变法失败，崇实书院关停，刘古愚远走烟霞草堂，于右任转往宏道书院。同年，叶尔恺出任陕西学政。叶尔恺是个热衷新学的领导，他重策论，轻八股。为观察陕西学风，他举行了一次别具一格的考试。这次考试他亲自拟定考题，诸如“秦始皇拿破仑论”“卫文公藤文公论”等数十个题目，内容涉及中外史地、格致、算学等领域，要求考生 1 个月交卷。不少考生对于一些新名词从未见过，有人甚至把“秦始皇拿破仑论”说成是“秦始皇拿了一个破车轮”，笑话百出。

而于右任却胸有成竹，竟在规定时间内完成了数十篇，叶氏观之，甚为激赏，每篇都予佳批，在卷上批曰：“笔端奇气不可遏抑，而发为宏文又精理内含，超心跃冶，知不徒以抗怀历史，穷眺全洲。”并誉于右任为“西北奇才”，称“入关以来，未见第二人”！

后来，于右任受到叶氏的亲自接见，并特将薛福成《出使四国日记》授予于右任，热情鼓励他多多留意国际形势。由于学政的赏识引见，于右任的人生平台得到提升，视野进一步扩大。此时，他得以常与学政府中叶澜、叶瀚二位东南名士往来切磋。在叶尔恺的奖掖下，于右任声誉渐起，开始崭露头角，他的文章常被选登在各大书院的《课艺》上。

而此时的宏道书院已集结了关中名儒朱佛光、贺瑞麟、刘古愚诸先生，这些时代的先知先觉们的思想雨露，无时无刻不滋润着青年于右任饥渴的心田。

其中有两个人对他后来的人生走向影响很大，一个是被梁启超称为“关学后镇”的泾阳人刘古愚先生，一个是鼓吹革命的西北学术泰斗三原人朱佛光先生。前者使他一生朴素亲民，务实勤勉；后者使他信奉革命，勇于“以颈血换太平”。刘古愚先生虽是咸阳人，却久客三原执鞭数十载，并创设“励学斋”广泛吸收农工商子弟入斋学习新学课程，广开民智，遍设乡学，普及民众教育，学风提倡无门第之分，无贫寒之别。

刘古愚先生以横渠先生之“孰能少置意科举，相从于尧舜之域”为训，一生“为生民立命”，开创了近代陕西工业与科技的先河，他的“鞠躬尽瘁，呕心沥血”之精神，成为青年于右任前行的明灯。

朱佛光是土生土长的三原人，他一生以明遗民自许，推崇顾炎武、王夫之等人的思想，宣传变革。他反对康、梁的保皇立宪主张，在戊戌变法期间著《康氏纠谬》一书，立主革命；他思想开放，崇尚科学，认为救国之道，当以经学、科学并重；他在三原成立“天足会”，开西北结社之风；他对孙中山的主张极为推崇，鼓励青年学生加入同盟会。辛亥革命中，渭河南北一批激进分子，多出自其门下。直到1917年，于右任在陕西建立靖国军时，仍聘朱先生为顾问、老师。于右任曾在《牧羊儿自述》(后改名《我的青年时期》)一书里回忆道：“陕西提倡新学最力而又最彻底的，当推三原朱佛光先生。”

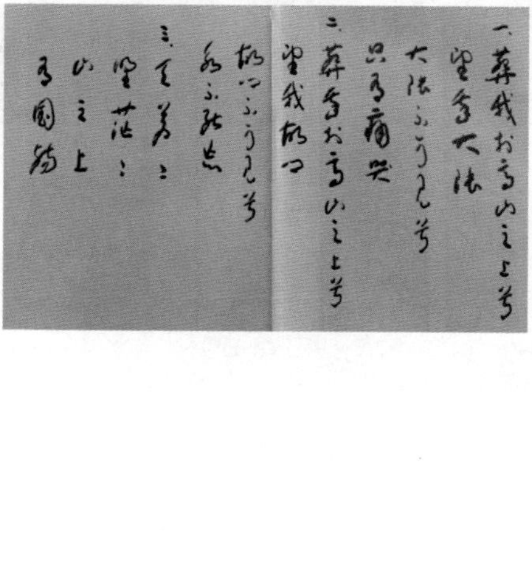

我静静站立在这个著名的“美髯公”面前，这张照片是他晚年的样子，须髯皆白，目光内敛，满脸肃然之气。我在很多地方都见过他的照片，神情肃穆似乎是他的惯常表情。是啊，台湾岛太小了，如何让这个魁梧的西北汉子甩开臂膀前行呢！

我想起了先生的那首《望大陆》：

葬我于高山之上兮，望我故乡；

故乡不可见兮，永不能忘。

葬我于高山之上兮，望我大陆；

大陆不可见兮，只有痛哭。

天苍苍，野茫茫；

山之上，国有殇。

我在学生时代就读过这首诗，只是那时太过年轻，未经风雨的心根本无法体悟那博大沉郁的家国情怀。多年后的今天，当我走进华夏大地的深处，不断触摸到我们这个多难民族的伤疤后，我才似乎走进了这些民族精英们博大的精神世界！一如此刻，当我再次读到他的这首《望大陆》时，禁不

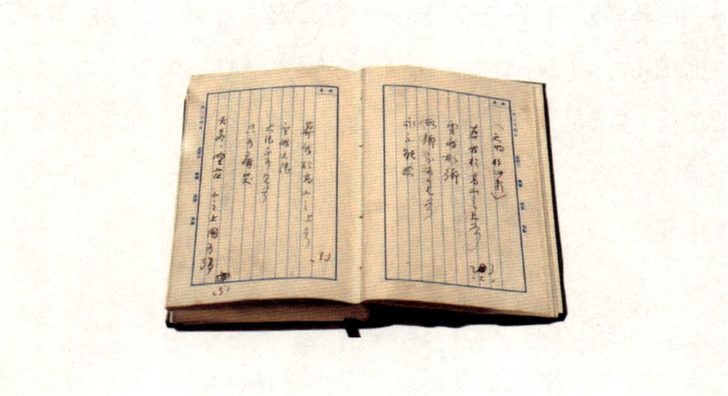

住双眼潮湿。

我见过先生这首诗的手稿，但奇怪的是所有印刷文本都将诗的前一、二句顺序进行了颠倒。

先生手稿中第一句是：

葬我于高山之上兮，望我故乡；

故乡不可见兮，永不能忘。

第二句是：

葬我于高山之上兮，望我大陆；

大陆不可见兮，只有痛哭。

细一想，这又似乎是一个合乎某些逻辑的改变。因为在某些人眼里，一个如此之大人物，怎能一提笔就想小“家”呢！他就应该想大“家”。岂不知家国何曾能分离呢！

我默默地望着他的照片，心内默语：

先生，故乡的后学向您问好，向您致敬了！

走出教学楼时，大约下午三点钟，冬日西斜的太阳照在大楼的外墙上，橘黄色的光线让敦厚的青砖高楼显出一种温暖、宁静与安详之感。我走在这高墙之侧，抬头仰望，竟有一种今夕何夕之感！

与热情的女管理员告别之后，我走出了宏道书院的大铁门。几个老头趁我出门之际又走进院子与女管理员再度交涉，想进去看看。我看见女管理员笑容满面的样子，知道那几个人也一定会和我一样一饱眼福了。

大门口过往的人很少，我再次看了一眼这个院子，在冬日午后的阳光里，它显得尤为安静，安静得似乎有些孤独，但我知道它并不寂寞，因为它以遗址的形象时刻提醒着后人，这里曾经的荣光，提醒着我们应更加努力，不负韶华，创造更美好的未来。因为我们是一个伟大的民族，它已生生不息五千年了，更何况我们生长的这块土地还是黄帝、尧、舜、禹的圣诞之地呢！我再一次瞻仰了那矗立于大门东侧的四块文物保护碑，从 1992 年的斑驳，至 2018 年的簇新。当我抬头时，我看见与宏道书院相连相依的北城中学的围墙，那漂亮洁白的墙面上用朱漆工整地书写着“朴诚勇毅，荣校报国”的校训。我也再次想起刚才走过的南郊中学的校训“成才报国”，心内一片安然。

三眼石拱古龙桥

我的第二个目的地是于右任故居。它在三原南城（主城区）西大街斗口巷 5 号。我预备从龙桥过清河去南城。

从宏道书院出来向西行，远远的一座碉堡似的建筑进入我的视野。这是古龙桥北桥头的城门楼。据当地老人讲，至少在六十年前，在古龙桥桥头两岸建有两座城门，南岸城门

为南城内城门，叫“瑞门”；北岸城门叫“永清门”。但这两座城门在 20 世纪 60 年代的“拆城墙运动”中被毁，如今北岸的城门楼当属新修的复古建筑。尽管簇新得有点虚假，但我甚感欣慰，毕竟这种对历史的言说更形象，更富质感，更何况如今的做旧如旧工艺早已到了乱真的地步。

沿城门楼左拐，便进入了斜拉索吊桥的北桥头，它下面 15 米处就是著名的古龙桥。这座横跨三原南北城的石拱桥是清河在三原城段最古老的一座桥。

我站在高高的清河北桥头，恍惚间，一个青年书生的形象从我脑际浮现。那是四百多年以前，这个书生寒窗苦读之余，常喜欢站在高高的河岸上向远方眺望，这时总会看见那深深的河谷里父老乡亲艰难渡河，往来不便的身影，每每此时，他的眉头蹙成个大大的“川”字。数年后，当他锦衣归来时，他依然得踩着河中的乱石与摇摇欲坠的原木浮桥，才能回到北城的家里。而已贵为朝廷工部尚书的他，再也不愿熟视无睹了。于是，他与县令高进孝一起倾十二年之力，终于筑成这座至今坚固无比的石拱桥。这个人就是三原北城人温纯，所以这座桥也叫尚书桥。而温纯亦是

宏道书院的毕业生。

古龙桥的传说很多，诸如李靖抽剑斩龙，青蛙申冤，磨扇铺桥，温尚书铁铸生辰八字镇桥腹，等等。中国老百姓对一个好人独特的纪念方式，就是将其神化，或让其成为传说。我喜欢这种口耳相传的方式，它永远鲜活，充满温暖。

唐代卫国公李靖是北城往北 7 公里处的东里村人，是为大唐创建立下汗马功劳的三原人，晚唐时期他已被神化了。他告老还乡后，回到东里村，他的家后来就成了东里花园。1371 年左右，这个花园几经易手，却一直被当地人保存着，翻修着，重建着。直到民国时期，于右任的陕西靖国军买下后，成为靖国军司令部所在地。后来，杨虎城让其母亲在此居住了好多年，他还在此与周恩来会晤。如今东里花园的格局就是民国时的样子，大门尤其漂亮，青砖浮雕，哥特式尖顶，中西合璧的牌楼式门楼，既有东方的内敛，又有西方的奢华张扬，实在是美轮美奂。大门上镌刻着于右任亲书的门额和对联。门额：“天下为公”，上联：“天地有正气”；下联：“园林无俗情”。

园内亭台楼阁，小桥流水，奇花异草，身居其中大有“曲

径通幽处，禅房花木深”之感，其秀美和幽雅完全可以跟南方园林相媲美。尤其是近年融进的“关中八大景”微缩景观，让园子气象万千。它小巧而丰富，繁华而宁静，身居荒野僻乡，却依然典雅雍容。我曾无数次去过那个地方，春花，夏风，秋叶，冬雪，这个园子的美丽让我不断回首。李靖、温纯就这样活在百姓的口耳之间，这应是一个人真正的永生！

在古龙桥之上的新龙桥是1985年修成的。

据说，这座新桥的设计者也是三原人。这种斜拉索设计

在 20 世纪 80 年代中期的整个陕西省是很少见的，它如两把大大的竖琴立于古龙桥上空，极富动感与时尚。而卧于谷底的古龙桥敦厚端庄，与清峪水波相依相偎，宁静祥和。现代与古典就这样完美携手在这方天地之间，让 20 世纪 80 年代的三原再次声名远播。

我预备走古龙桥过清河。

古龙桥高 10.05 米，处在深深的河谷底部，距两边高高的河岸至少还有近 50 米的垂直高度，行人过桥须沿“之”字形坡道上下。我推着自行车走进桥头的永清门的城门洞，门洞里很暗，中间放置有一套石桌凳，两侧有两间屋子，其中一间挂有河道管委会的牌子。出了城门楼，便进入“之”字形坡道。尽管坡道的沿河一侧筑有高约一米的水泥防护栏，但坡道路面并未硬化，仍是原生态的黄土路，坑洼不平，野草杂生，甚感荒凉，我几乎是提着自行车往前走。终于下到桥头，两座青石牌坊一北一南立于桥头，坊额上，一面书“龙桥”，一面书“温公崇仁桥”。桥面是用青色的条石铺就，显然这桥已经维护翻修，那些经年的磨盘已了无踪迹，但在桥头连接坡道处还依稀可见有磨盘石遗留的痕迹。

我站在桥上，摸着那有些风化的石栏杆，虽有驳蚀，但坚硬依然。那上面的石雕人物图案，手法极为细腻，雕痕清晰，风格温婉，典雅的气息扑面而来。桥上风很大，桥下水碧绿，岸边干枯的芦苇一丛一丛在风中摇曳，游人很少，河岸边有三五垂钓者，端坐水边。忽然，一只白色水鸟从芦苇荡里扑棱而起，一下子冲向高高的蓝天之上，翩翩而去，我一时心里一阵畅然。

环顾四周，我发现古龙桥已与整个清河湿地公园连在一起，南北河堤下的公园步道由东向西曲折而来与龙桥相会，成为一个完整的闭环，古老与现代再次完美对接。

三原老城觅影踪

古龙桥南岸的坡道比北岸好多了，道平而宽，道旁护栏损坏不多，很快我就上到南岸之上。

这里就是三原老城了。

桥头两边小广场有拉着小货车买香梨的，买苹果的，吆喝声很响，而且是录音机循环播放，“卖——苹——果”“卖——苹——果”，那个“果”字是响亮的四声调，这是典型的北山人的口音。关中人把果发成三声，听起来有一点婉转，有一点轻柔。但北山人的四声“果”，又硬又脆，就是他们红富士苹果的品相。我爱吃红富士，但在市场上常不会挑果子，后来我发现一个诀窍，听吆喝，我一听四声“果”音，那准没错！一个卖菠萝的，边卖边削皮，这种南方水果很难侍候，削了皮还得用淡盐水浸泡，否则会刺激口舌。有烤红薯的香甜气息在空气中弥漫，飘进鼻腔。很奇怪，我总觉得红薯烤出来的味道闻着比吃着还香，似乎空气成了那热热的甜味的催化剂似的，我禁不住使劲吸了一下鼻子。

脚下是北关正街，由此向南是南关正街，东为盐店街，西为西大街，其间还有很多东西伸展的小巷子：东有城隍庙步行街，西有山西街等，南北街宽，东西巷窄。就是这里，从明朝中期至民国初年，一直为大西北最繁华的科教、经济、贸易中心，在某些时段甚至超过西安城。并由此出发诞生了中国近代第一商帮——陕商（又称秦商）。就是眼前这个龙桥镇（古称龙镇），从明至清，“市廛极盛，集四方商贾重赀，昏晓贸易”。他们主要以盐业及茶、布匹、丝绸、药材贸易为大宗，形成米麦市、驴马市、猪羊市、丝市、纸张花布市、盐枣市、铁器市、手帕市、纸市、板木市、果子市、菜市、柴炭市，等等，彼时已有“龙镇小长安”的称号了。

南方的标布要在此“改卷”“整染”，湖南安化茯茶、西北的药材要在此焙制，南北的镖银要在此汇划，这一切终使三原成为西北药布总汇与金融汇划中心。仅三原“德泰店”1932 年资金就有银圆四十余万，从业人员一百余人。

民国时期，仅半年间，三原就运销药材 1.6 万担，达于沙市、湘潭、香港，总计一年买卖总额为 20 万两之多，远销香港、东南亚和西欧。

这里布店聚集，民国时期城内有“洋布店”89家，土布行73家，每年所运销布匹达千万银圆之多。

三原腊八会号称“关中第一大集”，名闻中国北方。设于三原南关西巷子外，占地三百亩，会期从腊月初八至小年（腊月二十三）达半月之久。会场自成街巷，按行业扎帐设棚，为省内最大牲畜交易市场。宁、青、蒙结帮的群马，北路耀州的缸瓮盆罐、杯碟盅碗，新疆、青海、甘肃驼队运来的青盐、毛布、药材、皮货，内地供给边地的茶叶、丝绸、百货，东路干果山货，各色小吃，一应俱全。会场上游人冠盖如云，热闹非凡。南北会场两台大戏竞相争胜，台下万头攒动，喝彩雷吼。河南马戏团，河北的“鼓楼钱杆”，卖艺的，说书卖唱的，拉洋片的，古玩字画摊前围得水泄不通，掌声、啧啧叫好声不绝，算卦、赌博、抽签杂于其间。

清末有诗夸赞三原：

扑面尘沙眼不开，八面仕女似风来。
驾牛驾马车如许，扎遍南台与北台。
更从何处问繁华，演武亭前各自夸。
公子冶游争似锦，美人姿态艳如花。

真是道不尽的盛况。商贸繁荣的蝴蝶效应引起百业兴盛，如饮食业和糕点杂货业等也发展得如火如荼。如宝和园的干煸鳝鱼、天福园的郭烧鸡、民祥阁的酸辣肚丝、明德亨的煨鱿鱼丝、丁海的千层油饼、悦来馆的早堂油茶、曲江春的牛肉夹馍、王振海的马鞍桥油糕等。涌现出了南茂号、义源恒、天义和、德生源、同发祥、大丰隆等南北糕点老字号品牌。至今，三原饮食仍称誉陕西。

眼前的北关正街是拓宽了的，约有 30 米，路面全部用青石铺就，两边店铺虽大部分房屋已翻新，但依旧努力保持过去的明清建筑风格，在一些角落仍遗留着那种门板拼接式或格子式门窗的老旧门店，给人以恍惚穿越之感。

三十多年前，这里有很多文房四宝店，那时对写毛笔字兴趣浓厚的我常常光顾此地。我饶有兴致地四处观望着，今天是腊月二十七，已到年底，很多店铺已歇业关门回家过年了，大街上卖得最多的是大红灯笼和春联，这也是关中人过年的最后一道程序——挂红灯，贴春联。

我逡巡着，路西侧靠近龙桥头有一个卖对联的，他把写好的对联挂在行道树之间拴着的绳子上，仿佛一面对联墙。

我定睛看着那对联上的字体，一下子有些兴奋，这是于楷呀！那肥而舒的字体，墨色深重，有碑意，有隶味，有楷风，轻重缓急，挥洒自如。我忙走近前去，一个瘦瘦的、约莫四十多岁的男人正低头挥毫。另一个年龄稍大的男人把写好的对联不断地往绳子上挂着。中国人的诗意是无处不在的，一个原本只用来做记录的文字使用行为，竟被变成了一种特别的文字艺术——书法。不过现代科技的发展开始展现它的双刃剑作用。街上卖的春联大都是印刷品，可那种缺少墨香的字，总让春节的活力减少那么一点。但总有铺纸挥毫的，尤其在年末的农村集市上，这挥毫者有男有女，有老有少，对老祖宗留下的这个珍宝我们怎么会不珍惜呢！更何况它是那么让人着迷。我买了四副春联，那个书者用一个设计精致的纸袋装好，递到我手里，那是一个印满书法作品的纸袋，上面写着“正蒙书法”字样。正蒙，这可是先贤张载之语啊！我心里一阵温暖！

路东从北而南第一道巷子是城隍庙步行街，东行约百米便是闻名于世的三原城隍庙。它是中国西北地区著名的道教建筑之一，建于明朝初期的1375年，距今有六百多年的历史，是中国现存比较完整的明清时期中国传统建筑群之一，现已被国务院列为全国重点文物保护单位。如今的城隍早已走出老百姓的心里，变成了一种传统文化的符号，但那绿瓦红墙的肃穆与繁华总能使人一下跃出当下的浮躁，回望古老的真实，从而抵御生命的虚无。

路西从北而南，第一道巷子叫山西街，这里是明清时期、民国初期中国北方有名的大布一条街，因为卷布师傅多为山西籍人而得名。这也是我今天行程规划的重要路线之一，因为这长不到 500 米的街巷，却是明清至民国初年，数百年的繁华聚集地。我想用我的眼睛寻觅百年前繁华的影踪。我相信历史是一条昼夜不息向前奔流的大河，所过之处总会有令人惊喜的遗存，哪怕是一块破损的青砖，抑或是一段早已荒芜的墙根，都饱含着曾经远去的生活气息。所以，我来了。

据史载，清初时，山西街仅当铺就有 37 座；至乾隆年间，又增至约 69 座，整条街基本布满了当铺和票号。所以，那时的三原，俨然已是西北的金融中心，渭北及甘凉一带金银价格涨落皆以泾阳、三原为标准。陕西各地钱庄生意均随泾阳、三原的市面水平而升降，所以彼时陕西流传的一句民谣是："宁要三原，不要西安。"山西街也因此被誉为明清时期中国西部的“华尔街”。到了清末民初，这条街因了泾阳安吴村的寡妇周莹再次扬名西北，正是她的商业智慧使山西街成为“大布一条街”。

我推着自行车边走边看。这个街巷并不宽，两车道显紧张，是旧时典型的市街格局。两边的房屋很新，但依然是明清建筑风格。或两层小楼，有飞檐，青色砖瓦，上为屋，下为店，店门是双扇木格子，典雅素朴；或高门大院，旁侧为店铺。尽管大部分房子都很新，但我仍看见了隐在新屋间的几座老屋，土木结构，土墙斑驳，但铺板仍在，虽风雨侵蚀，风光不再，而那翘向蓝天之上的精致的檐头，总会让人忆起那曾经令人艳羡的旧日时光。

我抬起头，望向山西街的深处，更深处，夕阳洒满街巷，我仿佛看见泾阳孟店周家大院的周老板走来了，三原的安吴堡吴家大院的安吴氏走来了，泾阳王桥于家大院的于老板走来了，武功路家大院的路老板走来了，旬邑唐家大院的唐老板走来了，渭南板桥常家大院的常老板走来了，韩城党家大院的党老板走来了。他们意气风发，昂首阔步，手挽着手，互利共赢；他们性情豪放，耿直磊落，“人硬、货硬、脾气硬”；他们厚重质直，忠义仁勇；他们重名轻利，富而思乡。因为他们，五百年来西北商道通畅，渭北大地熙攘温暖。他们生于秦地，长于秦地，吃着裤带面，顶着西北风，吼着大秦腔，以“关陇军人”的宏大气魄，走西口，踏勘茶马古道，遍建陕西会馆。在青海，他们放歌一声，便有了《康定情歌》传世；在贵州，他们让西凤酒变成“国窖茅台”。

有一出秦腔戏叫《张连卖布》，其中一段唱词便道尽了他们的奢华。

先把那渭南县当铺买下，
西安府开盐店咱当东家。
兰州城京货铺招牌悬挂，
西口外金刚钻大车来拉。
穿皮袄套褐衫坐轿骑马，
烧黄酒猪羊肉美味有加。
娶妻小赛过那南京俏画，
买丫鬟和小子装烟倒茶。
清早起人参汤先把口下，

到晌午把燕窝拌成圪塔。
张口兽琉璃瓦高楼大厦，
置九顷水浇地百不值下。
银子多使不了这该怎咋？
寻几个好伙计四路访查。
幸喜得四路里粮食涨价，
百十名走粟行银赚万八。
捐功名只要那官高势大，
访巡抚坐总督布政按察。
……

而三原，便是这群陕商五百年间的最大舞台。

很快我已走到山西街西头，由此左拐进另一条南北巷子，就在那个拐弯对面，我看见了那个石碑，碑上刻着“学古书院”四个字。我心下一阵惊喜。我知道三原最早的学校在山西街上，但毕竟已过去七百年了，是不是它也只存在于线装书的字里行间了呢？当我一步一步走进山西街的深处，它竟在这个隐蔽的拐角处静静地站立着，而熙攘的山西街，物欲流淌的山西街，在这拐角之后变成了三原城的“书院门街”。

这个书院的建立，开启了三原县民间“捐资办学”的源头。它是元延祐七年（1320）三原邑绅李子敬与其弟子懋捐钱 5 万贯创建的。

李子敬何许人？

史料记载很简略：

李子敬，元陕西三原人。家富，喜赈穷乏，嫁不能嫁者五十余人，葬不能葬者五十余丧，焚债券四万余贯。

无疑，这是一个有钱人，但却是个地道的慈善家。他的慈善令人震惊，他仿佛是他们村里“穷乏者”的提款机。而他的这种“仗义疏财”之举对三原商人而言却司空见惯。

就是这座三原老城，自陕商开始形成之日起，几乎是每隔几十年总会有商界的成功人士捐资重建。他们对于公益的热衷有时甚至到了不可思议的地步。他们修路，架桥，办学校，筑庙宇，赈灾济贫，把自己活成自己那个村镇的掌柜的一般。

清道光年间，三原巨富李锡龄曾耗巨资为宏道书院汇集

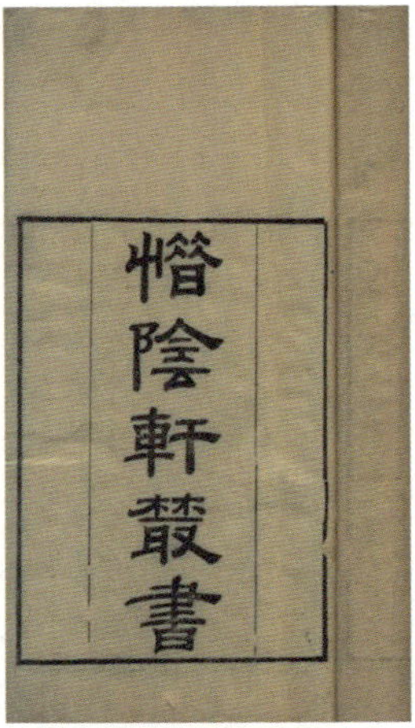

《惜阴轩丛书》 书牌

（清道光二十年至二十六年宏道书院刻，咸丰八年续刻本）

了《惜阴轩丛书》的稿本300余册，为宏道书院捐银2500两。他还捐银在县城内建义学一所，使乡里子弟得以免费读书。凡贫寒学子登门求助，他无不慷慨厚赠。他先后为沿海军民抗击英国侵略军及治理黄河捐银800余两。他去世后，其妻刘氏于咸丰年间，独力捐修县城隍庙，花费数万金。其嗣子李懋功，于同治五年（1866）奉嗣母曾氏之命，重修北关城墙，用银四万余两，又捐防城银二万三千余两；光绪己亥年（1899），捐义仓麦五百石，捐籽种银一千一百两；又捐京师潘家河沿院子两所，共计两千余间房子，以为会试举子的新馆。

到了清末民初，陕商最出色的女商人安吴寡妇，其疏财之举更是令人咋舌。她开仓放粮，设置粥厂，赈济灾民，建文庙，办义学；曾捐助银子在泾阳城打了几十眼深井，解决了两万多口人、千头牲畜的用水困难；还把郑白渠引进高陵县和泾阳接壤的地方，挖出排水渠，引地下盐碱积水入渭河，降低了地下水位，减少了盐碱侵蚀。这些行为已远远超出了一个商人的所为，用今天的话讲：他们是真正“感动中国”的道德标兵了。

可是，何也哉？

的确，三原成为三秦大都会固然有明清经济政策的加持，如：明代的“食盐开中”“茶马互换”等，但不同的是他们在自己的盆满钵满之后，总会不吝其财而热衷乡里公益。我曾百思不得其解，我们的文化里自古就有“人不为己，天诛地灭”之说；有“事不关己，高高挂起”之论；有“各人自扫门前雪，莫管他人瓦上霜”之言。

然而，这里是三秦！

这里是关中！

这里是渭北！

这里是关学深耕了千年的皇天后土之地，是《吕氏乡约》回响了千年的金城天府之地，是“三原之学”传承了五百年的渭水泾流之地，是“关学后镇”刘古愚呕心沥血传播关学之地。

关学的理想是崇高宏大的。它要“为天地立心，为生民立命，为往圣继绝学，为万世开太平”。

关学的情怀是慈悲温暖的。它一直是“民胞物与”，“凡天下疲癃、残疾、惸独、鳏寡，皆吾兄弟之颠连而无告者也”。

关学的性格是淳朴实在的。它永远是脚踏实地、经世致用的。

在这样的一片土地上，作为一个人最荣耀的事，就是“为官一任，造福百姓”，“为富一方，造福乡里”。所以，千年以降，我们看见了王恕、温纯、马理，看见了李子敬、李锡龄、周莹。

民治学校斗口巷

我在“学古书院遗址”碑前深深鞠了一躬之后，沿着书院门街向前继续走着，约 300 米，与一条东西方向的大街相遇。这就是三原城西大街。我右拐向西，因为于右任故居就在西大街南端斗口巷。这是我此行的最后一个目的地。

西大街比山西街宽约两倍，东西方向，东口与北关正街相接，和城隍庙巷相望，西口与池阳西街相接，全长 2 公里，这条街也是明清时最繁华的商贸大街之一。眼前的西大街，两边的房屋以百姓住户为主，商铺门店较少，建筑风格仍有浓郁的明清门店风，门楼位于房屋右侧，左侧临街便是木格子店门。老房遗存不少，那种两层楼式的铺子，下为门店，上为一排格子窗，拼接式铺板门，旧时气息扑面而来。

约行 300 米时，道路格外宽阔起来，仿佛一个广场似的，道旁是一个学校大门，仔细观之，竟是“民治小学校”。我跳下自行车，这个不期而遇，再次让我兴奋。我环顾四周，路南即是“民治中学校”。我就站在这两个学校大门之间。

两个学校的大门额上都有于右任亲书的“于草”校名。小学校门两侧有经典的“于楷”对联：“以百年树人之计，植民族复兴之基”。由于已放寒假，校门上锁，我趴在铁栅栏校门外向小学校的里面张望着，里面教学楼门两侧有“于草”对联：“负历史使命，开万世太平”。更深处则隐约立有一尊于右任半身雕像。一百二十一年前，就是在这个地方，年仅 18 岁的于右任被当时的陕西学台钦点受命担任“舍粥厂”厂长，开启了他走进社会，“为生民立命”的第一步。

那是公元 1899 年，陕西遇严重旱灾，饿殍枕藉。时任提学使督学陕西的沈淇泉先生（又名沈卫，沈钧儒先生的叔父）在上海等地筹募一笔巨款，在三原开了粥厂，救济灾民。他希望找一个年轻有为的人来管这事。此时，于右任正在宏道书院学习，书院的孙芷沅山长向提学使推荐了他出任粥厂厂长。初出校门的于右任，看到百姓啼饥号寒的惨状，不由得他不努力从事施粥的工作。本着为饥民服务的宗旨，他在粥厂内创立了独立的会计制度，培训了二十多个民工，把繁忙纷杂的粥厂管理得井井有条，使嗷嗷待哺的灾民及时得到救济，渡过了灾荒难关。而他却由于昼夜忙碌，竟累得生了一场大病。直到第二年新粮即将登场，他把粥厂的余粮分给了饥民，施粥工作才告一段落。

粥厂解散后，西关开明人士在这里办了一个小学堂，学堂只有一个旧神殿作教室，年久失修，破烂不堪，仅有 12 名学生，眼看就要倒闭。1916 年，于右任回家省亲，西关父老欢宴先生，当席请求先生为这个学校帮忙，先生慨然应允，接办了这所学校，取名为三原县第三国民学校。他不仅将快要倒塌的庙殿整修一新，而且又掏钱买下私人房产，扩建了校舍。建成后，他一不要产权，二不愿冠以“私立”字样。1920 年，于右任又将“三原县第三国民学校”改为“民治小学校”并亲写校牌，就是此刻我眼前的这个学校门楣之上的“于草”。

捐助自古就有，然大部分捐助者总要有所回报，不图利，但一定要图名；而于右任一生办学无数，却从不挂名。这是让今人匪夷所思的。解释只有一种——于右任的人生理想不是去做一个慈善家，而是“为天地立心，为生民立命，为往圣继绝学，为万世开太平”。

过了民治学校，西大街在此左拐，我进入一条窄窄的巷子。这是一条南北方向的巷子，叫斗口巷。在渭北的原野有好多地方村子都以此命名，其跟流经这片土地的水利灌溉设施有密切的关系。从公元前 246 年的郑国渠开始，至今天的泾惠渠，这里的渠网如江南的河网般密布。总渠、干渠、分渠，层级分明，管理精细，斗门就是这些渠的闸口，有斗门的地方必定会有水渠经过。于右任一生与水紧密相连，他的出生地是三原城东关河道巷，祖居泾阳县三渠镇斗口于村，长于三原城西关斗口巷，这浩荡泾流该是多喜欢这个三秦后生呢！

于右任故居

斗口巷是一条南北方向的巷子，南口连池阳街，北口连西大街。街巷狭窄，宽仅一车道，房屋院落相连，以北方民居四合院为主。巷子并非端直，而是斗折前伸，放眼望去，曲径幽深。前行约百米，“于右任故居”便至眼前。

这是一座坐西朝东的北方院落，门楼低小。因为它两旁邻居的大门至少高它一头，大它一膀。说它是个入户大门，

倒不如说它是一个偏门，隐于一隅，仿佛垂手而立的孩子。“于右任故居”的牌子掩盖在楼门顶上长长的檐头下面，宛如他浓密额发下的一双眼睛，明亮又羞涩。这样隐秘的存在，走在街巷的行人几乎是看不见的。

这是一座在原旧址上重新复原的院落，其设计风格朴素敦厚。显然设计者与先生的精神息息相通。这个门牌匾额是先生的外孙子屈北大所题，瘦硬端秀，一股清爽之气。这个外孙子就是于右任在“舍粥厂”工作时与高陵姑娘高仲林一

见钟情，良缘缔结所生的女儿于芝秀的儿子。

我轻轻地走进了这个小小的楼门，穿过一个狭长的门道，一个方形院子映入眼帘，青砖铺地，青砖砌墙，而布衣长衫的先生正站在院中一脸慈祥，满面笑容，与你四目相对。这是一尊先生的全身铜像，古铜的黄与冬阳的金色相融，泛起一种幽幽的暖意。院子东墙上镶嵌着先生手书的《千字文》书法勒石，龙蛇走笔，满眼烟云。北墙上镶嵌着他一生中艺术成就最高的书法作品，这些作品全被拓印勒石成为碑刻，斗方，条幅，长长宽宽，墨色淡浓，楷端草狂，一墙繁华。

我环视着四周，整个故居由南北两个院落组成，南院分东西两个单元，东为于右任书法石刻展示院落，西与一青砖圆门相通，为一进南北厦房小院，南为于右任生平展厅，北为于右任养母房太夫人居屋复原展厅；北院则为于右任故居遗址。

我依依不舍地从“于书”的俊逸华美中抽出身子，走进南院的青砖拱门，走进这所小小的关中四合院。这个院落是典型的关中“窄院”民居，东西长方形的院圈仅有 1.2 米宽，南北相对各有一间厦房，整个院落全部是青砖砌就。

我忽然间想起了我的童年，那时我就住在一个这样的院子里。那是一个坐北向南的院落，土木结构的小门楼，东西厦房相对，房屋低矮，光线幽暗，但冬暖夏凉。20 世纪 70 年代中期，父亲在村东的砖瓦窑，自己和泥，拉坯，烧了一窑砖，也是青色砖，然后将我们的小院从房檐台到院子全部砌了起来，我们的小院至此变成村人羡慕的“青堂瓦舍”。一瞬间，我仿佛回到自己的家中，一股热流涌上心头。我抬起头，看见先生高大的身躯，他仿佛我亲爱的邻家大伯，我的眼睛不禁潮湿了，我家那小院已在二十年前被拆掉了。

走进南厦房，先生一生的波澜壮阔齐聚眼前。他的文，他的诗，他的书法，一屋锦绣。

走进北厦房，一个少年在油灯下正在埋头读书，一个妇人坐在少年身旁伴读，那便是先生与养母房太夫人的日常。仿真蜡像的场景再现，逼真得让人有时空穿越之感。

于右任的幼年是不幸的，两岁时母亲便撒手人寰。但他又是幸运的，因为他遇到了一个严慈相济的二伯母。正是因了二伯母的悉心养育，奠定了他一生善良厚道、刚毅忠勇的性格之基，和一心为民的人生志向之基。

房太夫人是个不幸的女人，自嫁到于家，丈夫长年在外，数年难归，她一人独撑家园，苦度日月。她又是一个坚强而善良的女人，把2岁失恃的于右任悉心养大。从2岁至12岁，从1881年至1891年，那是中国最慌乱的年代，是渭北最穷困的岁月，兵荒马乱，天旱田荒，民不聊生。三原城已无法果腹，她背起2岁的于右任回到娘家泾阳杨府村，忍着村人讥诮，艰难度日。于右任在《先伯母房太夫人行述》一文中深情地写道：

那时我初离乳，身弱多病，伯母带往杨府村就医，归而新宅又毁，自此随伯母居外祖家中，历时九年。外祖家中人，莫不敬伯母，也莫不爱我，虽人口加多，农产有限，丰歉寒暖，从无不欢。村中老妪某曰："九姑娘（房太夫人乳名）抱病串串侄儿，欲了今生，岂不失算。况儿有父，父又一子，即提携长大，辛苦为谁！又其伯父闻已卒于南方，九姑娘以青年寄母家，眼角食能吃一生乎？"伯母曰："受死者之托，保于氏一块肉，谁其望报？设无此母家，则为佣以给吾儿。如其父归携儿去，则为尼以终老。"他无多言。

一个女人得有多大的勇气，多大的毅力，多大的胸怀，多大的慈悲，方会将一个与己毫无血缘的人抚养长大？更何况是在那个天灾人祸频仍的年代呢！自身几几难保，况乎他人？而她竟如此了！的确，她天性善良，然生活的艰辛又怎能仅靠一个善良了之！其实她是将“先后”（关中民间同胞兄弟妻子们之间的称呼）的临终“托孤”视作为人的“大义”来做的。而这“扶弱恤孤”的悲悯大义，早已是她生活的渭北大地上生而为人的最美德性。

还记得那个《吕氏乡约》吗？它是关学精神开出的一朵引领关中人精神成长的奇美花朵。在它的“患难相恤”一章里这样写着：

……孤遗无所依者，若其家有财，可以自赡，则为之处理，或闻于官，或择近亲邻里可托者主之，无令人欺罔。可教者，为择人教之，及为求婚姻……

这是一部被后世学者誉为封建时代中国人的“精神宪法”的乡规民约。它诞生在深厚的黄土地上，和这方天地里淳朴、坚韧的民风相融相生，使善良与仁义生发成这里最美的风景。

房太夫人抚孤的岁月里，有三个画面最令人难忘，一个是陪读，一个是自罚，一个是扫墓。

这个西院北厦屋展示的就是“陪读”场景，即于右任在《先伯母房太夫人行述》中所言：“伯母督课，每夜至三鼓。偶有过失，或闻在塾中嬉戏，恒数日不欢。”

而“自罚”事件发生在于右任的一次旷课之后。一日，于右任的同学王麟生对房氏说：“伯循大清早去东关正街炮坊卷纸炮去了，卷一盘一文钱，一天可以挣二十多文钱呢。”房太夫人一听急了，拉着于右任就去见老师，说：“娃娃今早旷学，是我家教不严，请先生用戒尺罚我。”随即跪下，伸出右手。毛班香先生忙说：“快起来，快起来！”房太夫人说：“先生要是不罚，我就自罚。”说着取过戒尺，就要自打。跪在一旁的于右任再也忍不住，哇的一声哭了：“先生啊，不是我故意旷课。昨天回家，见家里吃盐都十分困难，才这样做的。您别怪娘，别罚娘。都是我的错，您用戒尺罚我吧！”

第三个画面就是清明“扫墓祭祖”。每年的这一天，房太夫人都领着于右任为生母上坟。于右任在《先伯母房太夫人行述》中写道：“自右任有知，记岁岁寒食，伯母必携归扫墓。墓距外祖父家约 12 里，不得车马则步行。某处老坟，某处新坟，时必郑重以告。至先母墓前必哭，哭必祝告：儿几岁矣，读书几册。”

什么是给孩子最好的教育？一个不识字的农村妇人如此告诉了我们。可以说于右任伟大的一生与这个伟大的女人的教养密不可分。

出了西院，沿北墙东院门走进北院，这里就是于右任后来一直心心念念的“三间老屋一株槐”的地方。当然老屋是复原的，但眼前这棵大青槐是真的那棵“一株槐”。院子的建筑只有两组。东北角是故居管理者的办公室，也就一间小厦屋。西南角是那个“三间老屋”，“一株槐”在老屋前靠西边的位置。院子北墙上是一组青石浮雕的于右任生平故事。整个院落依然是青砖铺地，青砖砌墙，很是清爽幽静。

这是于右任 16 岁时，父亲用多年积蓄购置的一所房子。就眼前的格局而言，它应是关中民居里最简陋的一种。因为条件好的人家，一般都是对视面厦房带院圈（房子相对而建，中间带排水的院圈，类似南方带天井的小院子）。而这座东西方向的院落里，只有西南角三间屋子东西相连，再无其他建筑，这是一个极为普通的关中民居格局。关中民居的“深宅，窄院，封闭”，它只占了“窄院”一个特点。而“房子半边盖”却很是典型。

但这却是于右任的父亲专门为他买来读书用的。当时他父亲于宝文（字新三）对儿子高兴地说：“吾屋虽陋，放声读书较自由也。”单就这一点而言，却又是让人无比羡慕了。这个只上了两年私塾的渭北汉子却是个嗜书如命之人。他 12 岁出门谋生，做工之余从未怠慢读书，因博览群书，其见识甚至较一般科举中人为高。他常在信中指点儿子于右任：“某书当读，某书某处重要。”因好书即便薪资无余，家境甚窘，仍喜买书，以至家中到处堆的都是书。

1889 年，于右任的父亲带着继母刘氏回到三原，在东关石头巷赁屋而居。巷中有一小庙，平时空荡无人，于宝文日间读书其中；晚上在家里，就和儿子一起在灯下互为背诵。不熟则夜深相伴不寝，并对于右任说：“望汝做世上一个读书人。”后来，于右任在《斗口村扫墓杂诗》中，也有一首诗记述其事：

发愤求师习贾余，

东关始赁一椽居。

严冬漏尽经难熟，

父子高声替背书。

这是一个多么迷人的夜晚，一老一少，青灯一盏，替背圣贤，而且“背时皆向书一揖”。这是渭北乡村多么动人的

父子夜读
于右任十六岁时，父亲于新三从四川回陕，经常陪儿子读书至深夜。父子同读灯下，互相背诵，在此留下了“一灯如豆下苦心，父子相揖背文章”之佳话。

情景啊！数百年以降，中国的圣贤之道就是这样在民间接续传承，生生不息。少年于右任也因了这样的父亲而勤奋不辍，立志“为往圣继绝学”呢！

“三间老屋”具有典型的关中民居特点：房子半边盖。单坡屋顶，坐南向北，青瓦泥墙，东为书房，西为卧室，大小各占一间半，故而称其为三间。房内布置简朴，书房中，东墙一桌两椅，西墙一张书法几案，一组木质书架，墙上有一些先生的珍贵照片；卧室里，一床，一桌两椅，墙上挂着照片及书法真品。空间拘狭，以先生魁梧之躯甚至几乎转不开身。但从 1894 年于右任 16 岁起至 1949 年离开大陆，他在此断断续续住了二十五年之久。

堂后枯槐更着花，

堂前风静树荫斜。

三间老屋今犹昔，

愧对流亡说破家。

这是 1937 年于右任在其《牧羊儿自述》(亦名为《我的青年时期》) 一书的开篇引用的一首诗。这本回忆录在南院展厅里有一本，纸页发黄，满目沧桑，已成孤本。我心有不甘，问询故居管理员可否有新出版本，得到的是摇头。我也只能叹息一声。

院中的古槐据说有六百年了，主干分为三枝，南枝高而粗，枝内中空；北枝、西枝细而实，枝枝屈曲，伸向天空，树冠巨大，几乎笼罩整个院子。主干用铁栅栏围护，中空的南枝用两根木撑杆稳稳地顶着，这是很好的保护。

站在小小的院子中间，古槐那一身枝枝缠绕的虬龙苍骨，将我的目光引向辽阔的天宇。

北墙是十四块青石浮雕，除了“于右任故居”介绍外，其余以先生青少年时期重要的经历为主，形成了“托孤于嫂”“少小牧羊”“童年趣事”“清明扫墓”“少年求学”“父子夜读”“炮坊做工”“西北奇才”“孝敬伯母”“粥厂厂长”“喜结良缘”“诗稿招祸”“投身革命”等经典画面浮雕故事。雕刻简洁细腻，风格古朴素雅。读着那简约的文字介绍，一个贫寒不幸的农家少年，一个善良仁厚的农家少年，一个勤学励志的农家少年，一个立志“为生民立命”的农家少年，从历史的云烟深处向我们走来。

这个小院是贫寒的，但它却豪气万丈冲云天；这个小院是拘狭的，但它拥有更高远的蓝天；这个小院是偏僻的，但它却坐落在代代耕读传家的渭北；这个小院有温良仁厚的二伯母；这个小院还有相夫教子、贤淑温顺的妻子。正是这样的小院，成就了这个白公渠边的牧羊儿，毛班香私塾的小少年，终归走出了自己壮阔伟大的人生。他一生开农场，修水利，办学校，踏实勤恳，从不务虚，像黄土地上的一个老农一样，以满腔热血让自己的人生硕果累累。

他是中国近代伟大的民主革命先驱，又是踏实的社会实践者，还是书法家和诗人。而伟大的他却又是那样的朴实平易，一如隐于三原西关斗口巷里的这个不起眼的小院。

看着他，我总想起我那在田间日日踏实劳作的父兄，我的邻里大伯，我的黄土地上的祖辈，那是一种难以言说的血脉温暖啊！

出北院，我再次回到南院，再次走到那尊高大的先生的铜像前，再次端详着先生那满是慈悲的面容和那浓密的飘飘须髯，弯下腰深深鞠了一躬。

作者林焕琴在于右任塑像前留影纪念

我像一个长途旅行者终于到达目的地一样，在他的脚下的大理石台阶上坐了下来，环视着满墙龙飞凤舞的笔墨芳华，静静地感受着先生一腔的济世情怀！

出“于右任故居”已是午后四点，西斜的太阳照得巷子明明暗暗，光影斑驳。很多人家的大门上已挂起了大红灯笼，春节的喜气渐浓。

我骑上自行车，左绕右行，慢慢向巷子南口方向蹬着。

偶一回头，故居早已隐于小巷深处，被密密的沿街房屋遮蔽，已无踪影。

1921 年秋，当他因各种原因被迫离开靖国军司令部时，他便回到了他的三原西大街，在他的“民治小学校”里静坐生息，校园里竞开的各色花卉，触动着他的思绪，也抚慰着他的心灵，他写下了二十首《民治学校校园纪事诗》，霍松林教授评之：“用草木花卉之名六十余，以植物学为论据，写校园中之景物，而以景寓情，因物托事，设喻新奇，寄托遥深，为《诗经》比兴手法之运用开疆拓土，真杰作也！”

1929 年，关中灾荒，饿殍遍野。是年 8 月，先生返里赈灾，群众在三原新庄开欢迎会。他讲话时开口就说："我这次回里看望乡亲父老兄弟，是戴着孝帽子穿着孝衫回来的……"听者无不潸然泪下。

他在担任陕西省政府主席兼国民军驻陕总司令时，从甘肃兰州往西安走，路过每一个县城，他都要停下来。夜来，在县衙大门口支一张桌子，挑着灯笼给老百姓写字，只要来索字，无论童叟老幼，一定有求必应，分文不取。

1931 年，他目睹家乡人口外流，田园荒芜，便收购省外客户转售的土地千余亩，在斗口村开办农业试验场。直到晚年，在四季瓜果遍地的台湾，每次吃水果，他都说：这没有斗口农场的好吃!

1949 年 11 月 28 日，先生被历史的洪流裹挟着，推拽着，流落到那个中国南部的海岛之上，从此他与他的大陆，他的关中，他的渭北，他的三原，天人永隔!

1964 年 11 月 10 日，先生与世长辞，后长眠于台北最高的阳明山上，并在海拔 3997 米的玉山顶峰（中国东南诸省最高峰）竖立起一座面向大陆的半身铜像。然而我却觉出先生浓浓的乡愁。

就在他去世前的 1962 年 1 月 24 日，于右任先生写下了那首《望大陆》。

一瞬间，我竟泪眼婆娑了。

出了斗口巷，前面是东西走向的池阳街。我沿路东行，进入秦桐街，穿过咸铜铁路，越过高高的包茂高速立交桥，再次骑行在“高三路”上。

眼前渭北辽阔的原野上，麦苗翠绿，如毯似被，村庄连绵，阡陌纵横，夕阳西下，霞光满天。

2020 年 3 月 20 日草于渭北澡雪屋

后 记

中华关学，出关中记

《出关中记》终于画上了句号。我走出房门，站在我的小院中间，来了一个长长的“双手托天理三焦”（八段锦第一式）。我扬起头，成串成串的葡萄在那纵横缠绕的葡萄架上，布满了我小院的天空，葡萄架外，蓝天高远，白云悠闲，骄阳似火，一派安然。

从 2018 年 12 月 1 日写出第一个字，至 2020 年 7 月 20 日写完最后一个字，这本书的写作花费了我整整一年半的时间。

我喜欢汉字，喜欢汉字的线条感、形象感、节律感和淡淡的诗意；我很自豪，我拥有这样的母语，为此我也喜欢上了写作；我用这美丽的文字写自己的心事，从少女时代的秘密至人到中年的柴米；我的世界因美丽汉字的庇护，一直自在悠然，诗情画意。

2018 年年底，我写了一篇散文《渭水长天》，写的是关于我的家乡高陵的人文历史方面的内容。那依然是一次偶然的随性之作，起因是中国人都熟悉的一个成语“泾渭分明”，它既是高陵的一个自然胜景，又是汉语言中一个独具人文内涵的词汇。但随着对它的自然与人文内涵的深入挖掘，我突然发现这个小小的成语竟有着和华夏文明等长的发达根系，而就在这发达的根系里，我眼中一直寻常的家乡突然变得不寻常起来，那路边的老白杨，渠岸上的老柳树，县城背街的石板路，都仿佛一下子有了灵性，正款款向我诉说着沧桑的往昔。在这诉说中，一个丰茂的、繁盛的家乡在我的眼前徐徐展开。更让我意想不到的是，这篇文章在网络上一经露面，竟引起了不小的轰动，熟悉的人，陌生的人都纷纷留言，溢美之词使我窃喜又不安。原以为当下的人们早已被物质的追逐与丰富笼进“岁月静好”的虚幻中“乐不思蜀”了，即便是喜欢阅读的那些“稀有物种”又都口味多元而且挑剔，然而我错了，他们的家国情怀一直都在，他们的历史激情一直都有，只是没有遇上点燃的火石而已。

西安出版社李亚利老师鼓励我以此笔法，围绕“关中书院”选题写作，西北大学关学研究院副院长魏冬教授在读了这篇文章后大加赞誉，鼓励让我围绕“关学”选题写作。有一个叫崔廷洁的诵读爱好者，还将我这篇文章精心录制成“诵读音频”作品发布在网络上流传。说实在的，写作于我而言一直是“君子”一样的朋友，长久以来，我和她总是“淡淡”地交往着，或者说她只是我那隐秘的“小情小调”的倾听者和知情人，对宏大主题的把握与表达，我一直敬而远之，不敢问津，这篇文章的写作绝对是个偶然。

然而，事情开始有些变化了，这均缘于伟大的互联网，让我获得那么多的温暖人心的鼓舞和激励。慢慢地，我的心竟开始蠢蠢欲动了。我的笔仿佛一头好奇的小鹿，试探性地触碰着那遥远而沉重、隐秘而有力的家国历史，并由我的家乡高陵开始向我的四面——关中大地蔓延。

起初我的写作心态依然是淡泊的，叙述情绪保持客观和“零度”。然而，随着对关中人文史料的大量阅读，随着我的脚步在关中大地上的行走寻觅，一个绵长厚重、繁华胜极的人文大关中铺展于我的眼前，我看到：

眉县横渠的青年张载，奔赴沙场立志报国的热血；高陵吕柟，三起三落不改其志的浩气；长安秀才冯从吾，不畏强权的骨气；三原于右任，“以颈血换太平”的胆气。他们曾经那么遥远，那么模糊，甚至不真实，此刻却变得如此真切。我也曾让我的学生背诵：“为天地立心，为生民立民，为往圣继绝学，为万世开太平。”但那时其实只是囫囵吞枣，不求甚解。而正是这次写作，让我突然感觉到我的关中是如此厚重、雍容、温暖、高韬而淳朴！那些逝去的先贤，他们的理想、愿望，甚至曾经的怨愤，就飘散在周围的空气中，我从来没有像此刻这样贪婪地呼吸着。

这些先贤们用自己的智慧、人格与生命，蹚过地狱的熔岩，但心中永远奔涌着人间的溪流。他们一直在前面为我们披荆斩棘。渐渐地，一种强烈的言说的使命感从我心底升起。我曾经认为历史是一种虚无，而此刻我却清晰地触摸到它真切的质地。我摸过张载的“手植柏”，它的苍老与遒劲，粗糙与细腻，至今仍留在我的掌心；我仰望过于右任家中沧桑葱茏的老槐树，它的高大与伟岸，至今留在我的脑际。这些伟大的先贤曾和我一样住关中厦房，吃裤带宽面，喝泾渭河水，说秦地土腔，看秦腔大戏，沐浴过这四季分明的土地上明媚的阳光，他们是历史，但更是现实。他们用智慧，用心力，用热情，用慈悲，为这片土地撒下了满蓄着耿直、勇敢、坚韧而忘我基因的种子，让这片土地千年以降生机勃勃，春意盎然。他们是这片土地苦行的圣徒，他们以热血与坚韧，智慧与拼搏，奋斗与牺牲，书写着一出出“感天地，泣鬼神”的“出关中记”。是的，他们是追赶太阳的夸父，是让自己的一颗心燃烧成火举的丹柯，是奋力补天的女娲。因了他们的存在，这片土地走出了精神的暗夜，迎来了新时代的曙光。

关中，因南之武关，北之萧关，东之潼关，西之大散关而得名，在冷兵器时代它有“四塞之国”的优势。然而，这种“一夫当关，万夫莫开”的地理优越感和地域自豪感，很容易让我们走向自我封闭而“夜郎自大”。而我们伟大的关中先贤们却以强大的思想自觉和思维魄力，使自己的精神视野从未被“四塞之关”局限，他们“相从尧舜之域”的志向，使他们的胸襟与视野前所未有的开放和包容，他们的精神地理疆域早已走出关中，走向世界。

然而时间的流逝与历史迷雾的遮蔽，总给一代一代新生的世界罩上一层遗忘的幕布，让无数美好在时代炽烈的阳光炙烤中蒸发。这让我更深切地感受到“忘记历史就意味着背叛”的正确，而唯有不断言说，才能让记忆历久弥新，也才能更好地走向未来。

我很幸运，在21世纪的第二个十年，成为这个言说者行列中的一员。尽管我的言说是粗浅的，但我很努力；尽管我的言说可能有偏颇，但我是真诚的。我用我满腔的热忱完成了我写作生涯中难得的一次使命，这是一个写作者最大的幸福。

关于这本书的主题，我最终选择以展示“关学”思想、精神在关中的影响为主。这是因为“关学”是关中文化的核心基因。

什么是关学？它是由北宋张载创立，至明清时代仍然流行于关中地区的理学学派的一支。一千年来，因了它的存在，关中形成了自己独特的地域文化、精神气象。它的存在不仅为中国文化史、学术史、哲学史作出了重大贡献，更影响了关中人以至陕西人的思维方式、价值观念、人格精神。它的“为天地立心，为生民立命，为往圣继绝学，为万世开太平”的崇高使命意识和担当精神，“旋起新知”“勇于造道”的独创精神，“民胞物与”“大心体物”的道德理想和宏大胸襟，重视节操、刚正不阿的人格追求，“经世致用”“开物成务”的求实精神，博取兼容、不守门户的学术态度等，尤其是它那种崇高的使命意识和担当精神，是中华民族最优秀的精神基因之一。

这本书的书名《出关中记》的灵感来源于西方基督教经典《旧约》中的故事《出埃及记》，这个故事主要讲述了以色列人经过无数磨难终于复国的过程。“出”字貌似简单，却饱含了一个民族为生存所付出的血泪和艰辛。我特别钟情于这个“出”字，它是一个动词，一个朝向既定方向前进的动作。人类是地球上一个特别的物种，他有追求，有向往，并为此不断地“出走”，寻找自己的诗与远方，哪怕前方荆棘遍布，哪怕自己遍体鳞伤，关中先贤们的作为即如此！

全书分四个篇章，主要沿着关中八位文化先贤的人生精神地理路线，探访他们曾经的生存遗迹，捡拾他们的精神遗存，剖析他们成长的人生密码，尤其是他们学术思想中所包含的那种超越时空，引领关中文化走向更辉煌的未来的现代性，是我关注的重点。

持续一年半的写作，的确艰辛无比。浩如烟海的史料，曲折坎坷的采风，有史料消化不良的痛苦，有采风时栉风沐雨的辛苦。但这一切均被使命般言说的幸福融化成写作的激情。

感谢一路走来关心我的亲人和朋友。感谢我的丈夫罗汉霄，他不仅是我每次采风的策划，还兼司机与后勤总管，是我完成此次写作的强大后援。感谢文友杭盖先生，他送与我的关学史料使我写作的内容更真实准确！感谢西安出版社的李亚利女士，她对我写作的指导与鼓励总是那么及时，使我的写作不仅方向明确且信心倍增！更要感谢千年以降对“关学”思想整理、研究、传承不息的中华历代学者，正是他们把这颗“至善至美”的精神种子代代播撒，从而成就了今天关中人特别的精神气质。

最后，再一次向我们的“关中先贤”们致敬！正如“天不生仲尼，万古如长夜”，正是他们引领着关中民众走出精神的黑夜，走进一个更加光明的新的世界。他们的笃志力行的治学精神，学做好人的价值追求，不畏强暴的人格，正是当今我们倡行的社会主义核心价值观的体现。也正是他们的崇高精神和人格，为我的写作带来了源源不断的动力和能量！他们刚硬又柔韧的性格，慈悲而温暖的情怀，常常使我惭愧又感奋，在他们身上我看到了人类最美好的样子。

所以，成为一个合格的“中华关学”言说者是我最大的愿望！

是为记。

2020 年 7 月 31 日草于渭北澡雪屋